KB071763

낙동강

洛江詩祭 시선집

2015

제65회

한국문인협회상주지부 • 도서출판 청어

2015 낙동강

한국문인협회상주지부 지음

발행처 · 도서출판 **청어**
발행인 · 이영철
영 업 · 이동호
홍 보 · 최윤영
기 획 · 천성래 | 이용희
편 집 · 방세화 | 김명희
디자인 · 김바라 | 서경아
제작부장 · 공병한
인 쇄 · 두리터

등 록 · 1999년 5월 3일
(제321-3210000251001999000063호)

1판 1쇄 인쇄 · 2015년 11월 1일
1판 1쇄 발행 · 2015년 11월 10일

주소 · 서울특별시 서초구 효령로55길 45-8
대표전화 · 02) 586-0477
팩시밀리 · 02) 586-0478

홈페이지 · www.chungeobook.com
E-mail · ppi20@hanmail.net
ISBN · 979-11-5860-372-4(04810)
979-11-85482-62-0(세트)

*이 책은 제작비의 일부를 상주시 사회단체보조금에서 지원받았습니다.

낙동강

洛江詩祭 시선집

풍류와 멋의 문학

오랜 가뭄으로 강물이 메말라 식수 구하기와 농사짓기가 어렵다는 말이 여기저기서 흘러나오지만, 여느 해보다 곱고 발갛게 물든 울긋불긋한 단풍을 보면 땡볕과 비바람을 온 몸으로 이겨내고 예쁜 색깔을 우리들에게 선물하는 나무에게 한없는 경이로움을 느낍니다. 그래서 온 세상이 더욱 환하고 사람들의 마음도 즐거워 일상의 일들이 형통되어질 것 같습니다.

올해로 예순다섯 번째 맞이하는 낙강시제는 상주의 옛 이름인 '상낙(上洛)' 의 동쪽을 흐르는 강, 낙동강 700리가 상주에서 시작하기에 '상주의 강' 이라는 자부심을 갖게 하는 낙동강 구간의 빼어난 절경과 무임포의 도남서원에서 666년 간 총 51회의 낙강시회를 베푼 선인들의 흥겨운 낭만과 호방한 풍류와 원융한 시세계를 배우고자 2002년도부터 52회로 계승하여 오고 있으며, '인간과 자연, 풍류와 멋' 으로 요약할 수 있습니다. 시인이 글을 쓰면서 대자연의 장엄한 모습을 보고 풍류와 멋을 노래한 시들을 많이 빚고 있는 것이 현실입니다. 이에 풍류와 멋은 문학에서 무엇이며 어떤 의미를 갖고 있는지를 살펴보자는 문학행사가 바로 '낙강시제 문학페스티벌' 이 아닐까 생각도 해봅니다.

'풍류' 는 '속되지 않고 운치가 있으며 아름다운 경치를 찾아 멋스럽게 노는 일' 입니다. 이는 자연을 즐기고 도의를 연마하고 가무를 통해 잘 놀며, 인생과 예술이 혼연일체가 되어 삼매경에 빠지는 것인데, 즉흥시에 매료 되고, 고은 바람소리와 졸졸 흐르는 시냇물 소리에 귀 기울이고, 낮술과 석양에 취한다는 말이 더 잘 어울릴 것입니다. 우리 선조들도 뚜렷한 사계절과 산천초목이 수려한 경관 속에서 화랑도, 제천행사, 민속놀이, 무속 등의 풍류를 즐겼고, 어렵고 힘든 농사일의 피로를 잊게 하는 촉매제와 정서를 함양하는 데도 함께 하였습니다.

'멋' 은 '태도나 차림새 등에서 풍기는 세련된 기품 '입니다. 멋이란 말은 우리의 생활 전반에서 평범하게 쓰이고 있지만, 말뜻이나 개념이 뚜렷하지 않고 학자들마다 해석이 다르다고 합니다. 그러나 멋은 민족의 고유한 것이라기보다는 우리 민족의 이념과 정서가 배양한 그 어떤 미적요소라고 보는 것이 맞을 것 같은데, 고가 지붕의 부드러운 선, 한복의 부드럽고 우아한 맵시, 각설의 타령의 엉덩이춤 등, 각양각색에서 찾아 볼 수 있겠습니다. 이는 단일사물보다는 여러 자연물이 조화를 이룰 때, 순결, 순진, 청순을 벗어나 움직이는 것에서 파격성을 띨 때 확실하게 나타난다고 합니다.

오늘을 살아가는 현대인들의 삶은 하루의 생활이 바쁘고 각박하여 매사에 주변을 돌아볼 겨를이 없습니다. 홍수처럼 외래문화가 들어오고 정신보다는 물질을, 인격보다는 능력을 중시하는 풍조가 만연되면서 우리 생활 속에서 풍류와 멋은 슬그머니 자취를 감추고 말았습니다. 그러니 멋지게 놀아본다든지 여유를 내어 호기를 부려 본다든지 하는 것은 어려운 일이 되어가고, 정신적 가치 또한 점점 우리 삶에서 멀어져 갑니다.

다행스럽게도 요즈음 의, 식, 주에서 조금은 풍류와 멋스러운 생활을 하려는 경향이 점차 나타나고 있습니다. 기능적으로 편리한 것만 찾을 것이 아니라 예스러운 멋이라든지 심미적 측면을 살리는 것들이 시·공간에서 많이 도출되어야 하겠습니다. 특히 문학인들은 낙강시회에 참여한 옛 선비들처럼 호방한 기상과 시 사랑 정신을 이어받아 풍류와 멋이 가득한 일상적인 삶과 문학 창작을 해야 할 것입니다. 풍류와 멋은 사람을 살리고 살찌게 하며 인간관계를 더욱 돈독하게 만들 것입니다. 또한 풍류와 멋이 깃든 작품을 많이 빚어 개인의 삶은 물론, 이 세상을 윤택하게 하는 데 앞장섭시다.

끝으로 전국 각 곳에서 낙강시제 행사에 직접 참여하여 격려해 주시고 주옥같은 시를 보내 주신 시인들께 다시 한 번 머리 숙여 깊은 감사를 드립니다. 그리고 매년 행사를 개최할 수 있도록 지원과 터를 닦아주신 상주시청, 세계유교문화재단, 각 후원단체에게도 깊은 감사를 드립니다.

한국문인협회상주지부 회장 박정우

차례

제65회 洛江詩祭 시선집

2015 낙동강

차례

낙강시회 시선

꿈

고경연

씨앗은 땅속에서 꿈을 꾼다
파란 싹을 틔우고
꽃을 피우고
열매를 맺고
그것만이 씨앗의 꿈은
아닐 것이다
마른 날을 건너고
하늘의 눈물을 받아낸 뒤
마지막 맞은 그 날
누군가의 위로로 남은
낙엽 한 장 될 때
어쩌면 그것이
씨앗이 꿈꾸는
꿈이었는지도 모른다

노을

고안나

이것이 마음이야
몸 빠져나온 생각이지
잠자리 들기 전
쓰는 그림일기
먼 벌판 서성이며
서녘 하늘 품었다 가지
보고 들은 모든 것 비우는 시간
잠시, 하늘은 무릉도원
복사꽃 만발하지
둥근 천장 속에 갇힌
내 사랑, 몇 발자국 더
내 곁 비껴갈 때
몸 바꾸며
서산의 해 지네

젖은 풍경

곽도경

그녀는 아메리카노 한 잔을 들고
커피집 통유리 너머 세상을 물끄러미 보고 있다

강물은
투명 캔버스 위에 빗물이 그리는 그림의 배경이 되고
그림은 지워졌다가 다시 그려지고
또 지워졌다가 다시 그려진다

오늘 아침 사문진교 난간에서
한 남자가 자전거를 타고 와 강물로 뛰어들었다는 이야기를
담담히 전해주는 바리스타는
그런 일쯤은 대수롭지 않은 듯 향긋한 커피를 내리고 있고
젖은 날이라 커피 향기는 더 진하고 달콤하게
코끝에 날아든다

강물 위에는
한 사람의 죽은 일생과 삶을 건져내기 위해
오렌지빛 꽃 몇 송이 온종일 떠 있고
그 일과는 상관없이
전직 대통령 아무개가 한 무리의 수행원들과 그 나루터를 찾아와
한바탕 소란이 일었다가 잠잠해질 때까지
그녀는 꼼짝하지 않고 앉아 있었다

그 후로도 오랫동안
그녀의 망막에는 젖은 풍경 하나
슬픈 그림처럼

못

권순

못가에서 신발을 본 날은
밤새 검은 물속을 헤집는 꿈을 꾸었다
수없이 자맥질을 하는데 물의 결을 스치며
가슴에 못이 박힌 사람이 지나갔다
본 듯한 얼굴이었다

못가에는 구두 한 짝 가지런하였다
그 속에 꽃잎 한 장 날아와 앉았다
검은 구두 속이 연분홍으로 환했다

어쩐지 눈을 뜰 수 없을 것 같은 어스름 속에
사람들이 술렁였다
귓전이 울음소리로 쟁쟁하였다

앞섶을 다 풀어헤치고 달려온 여자가 구두를 끌어안았다
꽃잎이 천천히 떨어졌다
먼 곳이 부르는 듯 얄팍한 생이 하르르 내려앉았다

한 생이 그렇게 가라앉고
수면 위에는 밀서 한 장이 떠올라 물살에 찢겼다
고요하였다
고요의 내면이 바뀌고 있었다

산수유꽃

권숙월

한뎃잠 자는 몸에서 태어난 생명이
가슴의 봄눈처럼 아늑하다
우리 가까이서
여름 가을 겨울을 지나
속속들이 맑은 햇살 받아들이면
쌀쌀맞은 가슴도 열게 되는가
어떠한 바람이든 팔 벌려 받아주면
까칠한 눈길도 마다하지 않는
다정한 모습 보일 수 있는가
배시시 웃음 건네던 아린 날에도
꽃으로는 보이지 않더니
언제부터인가 네가 좋아졌다

쉬지 않고 흐르는 것은

권영세

흐르는 물은 쉬지 않는다
한 곳에 머물면 온갖 잡동사니 섞여
몸살을 앓는 물

한 곳에 머물지 않고
끊임없이 흐르는 물이 되리라

아아, 그래서 강물은
그 기다란 몸을 줄줄이 끌고
긴 시간을 그렇게 흐르는 구나

그 흐름 따라
이 땅 사람들 오늘까지 흘러오고
그 흐름 따라
내일까지 아득히 흘러가리니……

가을볕에 쪼이다

권현옥

에그 어쩌다 이리되었어?
아리지 않어? 따갑지 않어?
농사짓는 사람 다 그렇지 뭐

청도에서 시집온 지 이십여 년
멀쩡한 곳 하나 없는 손
슬그머니 감춘다

감나무 오르내리고
감 타래에 묶이고
결 고운 살점은 옹이가 져서
시커멓게 물든 손마디 쉴 날이 없다

여자의 손끝에
주렁주렁 매달린 알몸의 감들
붉다, 눈이 시리다

부용대

김경숙

흐르는 물에 실려 시간은 가고
아름다운 추억 달빛에 반짝이는데
뱃전을 치는 물살 내 몸에 들어와
가슴에 남기는 말
물은 흐르고 달빛은 아름다워라
별이 지켜보는 가운데
흔들리는 마음 밤새
꽃물결 되어 머문다

낙강시회, 전야제

김다솜

언제 어느 날 상량식을 했나요
실내체육관 벽에 붙은 시화가 발목을 잡아요

수 백 년 동안 낙동강을 지켜보던
도남서원의 소리 없이 내리는 밤비처럼
북천전적지에서 실내체육관으로 오고가는 전야제
시와 술, 정겨운 만남은 어디로 외출 했는지
무대 위에 마이크가 즐겁게 춤을 춥니다
아, 아, 대한민국 노래를 듣다보니
'대한, 민국, 만세' 세 쌍둥이가 보고 싶었어요
개구쟁이 같은 녀석들 아무리 봐도 사랑스러워요
히트곡 몇 곡으로 평생을 살아가는 가수가 있듯
시인도 좋은 시 몇 편으로 평생을 살기도 하지요
그럼 나는 시, 그림, 춤, 돈, 노래, 무엇으로

외롭게 밤비를 맞으며 걷는 내가 측은했는지
젖은 은행잎들이 따뜻하게 동행해준 길, 길

바람 따라 가는 길

나영 김도희

길을 나선다
바람 따라 휘적휘적
들풀이 자란다

되돌아가야 하는데
돌아설 수 없는 길목에
휘파람새 한 마리
구름 위를 떠돈다

다시 가야 한다 무심천
골골이 억센 뼈대를 세우고
낙동강이
바람길 따라 천왕봉을 휘돌다
시안의 세계로 애돌아든다

어머니의 강

김동현

멀리 강천(江天)으로 등(橙)빛 같은 노을이 번졌다 꺼지고
엄마 산소자락에 어름대며 서 있던 내 등 뒤로
끄느름하게 고우(苦雨)마저 내리는 밤.
한 세상 내던져 버리고 통음하며 명정(酩酊)하고픈 이런 날 밤이면
헝클어져 있던 기억 한 가닥 빼꼼 풀려나온다.

국수 이십 원어치면 둘이 한 끼를 때울 수 있어. 얘야, 저 아래 통장 집 가서 국수 이십 원어치 사오렴. 아이는 헤- 웃으며 나선다. 아장아장 판잣집들이 만든 솔숲 같은 낮은 골목길을 타박타박 걸어 내려요. 물은 끓는데 한참이 지나도 아이는 오지 않습니다. 엄마는 갓난아기를 어르며, 창 너머로 내다봅니다. 아이는 저만큼 꼭 골목 굽이만큼씩 구불구불 걸어오고 있습니다. 국수 가락 하나씩 뽑아 먹으면 쏙쏙 맛있어, 이빨 새에서 톡톡 분지르는 소리도 즐거워, 달착지근한 단물은 끝내주죠. 입 안 가득 엄마가 심부름시켜 준 행복함이 고여요. 엄마가 저기서 빨리 오라고 손짓하네요. 아이는 후다닥 걸음을 재촉합니다. 집에 왔을 땐 국수는 벌써 반나마 줄어들어 있었지요. 그래도 내처 엄마는 머리를 쓰다듬으며 끓는 물에 웃음 묻은 국수를 넣습니다. 양념장 한 숟갈에 김치를 얹어 먹는 국수 맛이란.

두 손 가득 들고 한 조각씩 쪼개어 먹어본 추억의 맛이란
강심의 모랫등 섬은 하루 종일 생각에 잠겨 있고요,

어머니 무덤 전두리를 따라 지난 초봄에 심어 논 팬지꽃이
명주(明紬)바람에 쌩긋이 웃어 보입니다.

강

김명성

악취가 나도록 속이 새까맣게 타도 묵묵히 흐르고 있나니
푸르른 네 속살 훤히 비추어 보여주던 때가 그 언제였던가
산 그림자 고요히 품고 여울지는 네 모습의 고고함이여

사람의 욕심 앞에 아무런 말도 할 수 없음이 얼마나 갑갑하였으랴
한없이 채우려고만 하는 욕심 앞에서도 꿋꿋이 흐르는 네 모습
묵묵히 지켜오던 네 모습 흐트러질 때 흘린 내 눈물이 위로가
될까

슈퍼문

김미연

달이 따라온다
불영계곡 지나
산허리를 몇 번 꺾어
돌아 나오는데
자꾸만 따라온다

어쩌니
한적한 호숫가라도 거닐며
너와 함께 노닐고 싶은 맘은
꿀떡 같지만

어쩌니
모가지 길게 빼고
기다리는 나의 분신들
너보다 더 큰 나의 달인걸

펄럭이는 것에 대하여

김미옥

강을 내려다보며 빨래 건조대를 펼친다
문득 그것, 뼈만 남은 새 같다
펄럭이지 못하는 새

나는 그 앙상한 날갯죽지에 빨래를 넌다
수건으로 깃털을 달고
브래지어로 새가슴을 만들고
양말로 새발을 만든다

열린 창문으로 강바람이 몰려온다
몸을 얻은 그것이 툭툭 펄럭이기 시작한다

멀리, 새들이 오르락내리락 하는 남한강 쪽으로
자꾸 푸드득 거린다

펄럭거리는 저것들이
물기를 다 걷고
얼마나 더 가벼워져야 강을 건널까
내 안의 물기도 마르고 마르면
나도 저 새처럼 펄럭일 수 있을까

팬플루트

김설희

나무들이다
뿌리 없는 마른 나무

그의 입술이 닿자
어느 쓸쓸한 오후의 바람소리가 난다

저 죽은 것의 심장에
무엇이 건너간 것일까

톱날에 잘려지던 때
내지르지 못한 단말마의 숨이 저리 순하게 삭은 것인가

어디 깊은 데서 솟아오르는 샘물소리 같다
횡격막을 가로지르는 소리

고공 타워크레인에서 아슬아슬 흔들리던 비정규직같이
아득한 터널을 헤쳐 나오는 소리

잘려진 것들은 소리가 된다
목청껏 부르는 노래가 된다

물잠자리

김세호

장날이면 어머니는
부엌 검댕이 붙은 적삼 대신
망사 날개 입으셨지
십 리 장길 사뿐사뿐
날아가셨지
폴폴 풍기는 분 냄새 따라
길섶의 노란 민들레 피어났지

손가락 사이 빠져나가던
매끄러운 감촉의 작은 붕어
징검다리 건널 때
망사 날개 물잠자리들
훽훽,
어머닐 따라 나섰지

고등어 한 손
찬거릴 사다 보면
엄마의 어깨는 가벼워지는 걸까
이곳저곳 잠방잠방 홍정하다 뜨는
물잠자리
맑은 국수 한 그릇
후루룩거릴 때
감장 날개 나풀거렸지

조회시간

김소영

전교생을 앞에 두고
몇몇 아이들을 불러
상을 주는 아침,
순수한 눈동자에는
부러움이 가득하다
최고 까불이 녀석도
손발도 안 놀리고
입을 벌린 채 쳐다보는데
나는 가만히 속으로 말한다
너희들 존재 그대로에 상을 주마,
그 누구에게도 뒤지지 않는

어디서 많이 본 듯한 아이,
먼 기억 속에 서 있다가
빙그레 웃으며 사라진다

고향집

김수화

세월의 문 굳게 닫힌
빈 집 앞을 서성인다
허물어진 담장 사이
납작 엎드린 채송화 월담을 꿈꾸고
굳게 닫힌 장지문 사이로
마중 나온 기억을 더듬어 본다

아버지 쇠죽 끓이는 냄새 따라
해콩이 익어가고
노동을 끝낸 외양간 늙은 소
하루치의 삶을 되새김질 하면
불안한 눈빛으로 지켜보던
담장에 매달린 호박
가을햇살 둥글게 말아 올려 달빛을 품는다

떠났던 그 자리 다시 모인 식구들
쇠죽냄새 어우러진 삶은 콩 앞에 둘러앉아
콩알 같은 자잘한 이야기 풀어놓으면
때 묻은 벽지에 붙여놓은 단물 빠진 풍선껌
입김 따라 또 다시 뭉실뭉실 꿈을 키운다

폐지 줍는 할아버지

김숙자

할아버지가 굽은 등으로 쓰레기를 줍는다
박스, 신문, 깡통, 그릇들을

리어카에 층층이 싣고
힘겹게 밀면서 쓰레기장으로 간다
할아버지가 버려진 침대에 앉아
후유, 담배를 문다

폐지를 줍지 못하게 하는
자식을 무시한 체
하루 5천 원 정도 버는 일을 한다
지나가는 이의 눈을 피하려고 애쓰면서
장판, 침대, 폐지들을 리어카에 싣는다

자식들이 용돈 안 준다고, 힘들다는
말도 없이
집채만 한 쓰레기더미를 끌고
할아버지가 어디론가 간다

항아리

김시종

사막에선 물보다,
항아리가 더 소중하다

항아리가 있어야,
생명의 근원인 물을
갈무리할 수 있기 때문

A Pebble Dreams

김연복

To have a tower
To gaze up at everyday
Is a most fortunate thing.

By day I cast myself under the
Endless weight of passing feet;
Numerous times, I am broken by
The tires of buses, trucks, trailers...
Yet still I am ready to flip
More times with joy

For at night my dream comes true...
Find myself atop the tower
Like a glaring white Eagle
Back on its throne.

조약돌의 꿈

하늘 높이 바라볼
탑이 있다는 것은
얼마나 다행스러운 일인가

낮에는 자신을 던져
수많은 발아래 밟히고
지나는 버스, 트럭, 트레일러들의
타이어에 부서지면서도
기꺼이 몸을 던지는 연유는

밤에는 꿈이 실현된다는 것
저 높은 탑 위
독수리 제왕의 자리에 돌아와
앉아있게 된다는 것

봄의 강(江)

김영수

맑은 물 고운 꽃빛 섬진강 언덕길에
샛노란 산수유 꽃 천사의 모자 같다
강바람
물소리 따라
조심조심 걷는다

맑은 듯 고운 물이 자갈돌을 닦는다
깨끗한 거울처럼 봄꽃을 가득 담아
나비들
날개바람에
꽃구름도 띄우고

강물은 우리 보고 쉽 없이 배우란다
막히면 돌아가고 때로는 쉬어가며
물굽이
흐르는 양을
갈무리해 가란다

가장자리에 들다

김영숙

그림을 볼 줄 모르는 사람에게
늘 그림을 보내오는 사람이 있었습니다
오월엔 붉은 글라디오스가 불타오르고
가을엔 낙엽이 노랗게 물들었습니다
타는 듯 붉은 열정과 계곡을
물들인 노란 단풍숲속의 의미를 알 수 없는 나는
늘 그림 밖에 서서 기웃거리기
일쑤였습니다

그림 속 풍경에도
하얀 눈발이 흩날리기 시작했습니다
나는
바다가 보이는 소나무 군락지를
오래도록 바라보다 문득,
하얀 눈 속에 발목을 감추고 서 있는 소나무 발가락 사이로
작은 칠게 가족들이 따스한 군불을 지피고
검은 눈망울을 올망거릴지도 모른다고 생각했습니다
모래언덕을 오르는 칠게의 낮은 발자국 소리가 들리는 듯
하였습니다
누군가를 안다는 것은 깊은 바다에 들어 그 속을
들여다보는 일처럼 생의 전부를 송두리째
뒤흔드는 일
여전히 나는 그림 밖에서 서성거립니다

낙동강

여영 김영애

부품한 가을들판
하늘 향해 누운 저녁

구름을 밀어내며
밝은 달이 떠오르면

진득한
땀을 닦으며
시절가를 짓는 낙강

삼강나루

김옥경

세상의 가을은 모두 여기서
바람으로 나무를 흔들어
저 강처럼 늘어진 길고 긴 세월
꽃처럼 피어날까

구부러진 산자락을 물고 가던 물빛시간
그대 눈을 빠져 나오는데
주모는 어딜 갔나
그리움으로 범람하는 저 강물
여기는 배들의 전설이 지나간 나루터

장수의 비밀

김원중

내가 오래 살아야 할
이유는 딱 한 가지뿐
평생 1만 권의 책을
읽어야 하는데
나이 70이 넘도록
아직 반도 못 읽었네

5000권 읽는데
60년 세월이 걸렸으니
앞으로 60년은 더 살아야
나머지 5000권을 읽을 수 있다
아, 책 읽는 즐거움에
세월 가는 줄 몰랐네

귀향(歸鄕)

김원호

조용히 눈 감으면
상기도 쉰 목소리

또렷한 거울 속에
내 유년(幼年)이 다가서고

그윽한 묵향(墨香)너머로
흔들리는 동그라미

견고한 성벽에도
어김없이 바람은 불어

더러는 금이 가고
더러는 또 무너져

강 건너 그 피안(彼岸)마저
멀어진 지 오랜데……

아득한 능선 위에
놀이 고운 황혼 무렵

갈피갈피 눈에 익은

산과 들을 끼고 돌면

하 오래 잊었던 목소리
이명(耳鳴)처럼 울려온다

녹슨 골목

김이숙

왕산 산책로 옆 이 층 통사무소
몇 가닥 남은 흰 머리 왜소한 할배 통장님
무료할 때 산책 가면 용하게 알고
철제사다리 내려주던

산책로에서 통사무소 이 층으로
어릴 적 다락방 오르듯 기어오르던
아가 내 따라 오니라 전빵 가자 맴껏 골라봐라
스무 살 아가 졸래졸래 따라가던

이마와 눈 주위 지나 빰에
사다리처럼 너무나 반듯하고 선명한
몇 개의 가로줄과 세로줄 긋고
할배가 말갛게 웃던

얼굴 아래 자리 잡은
죽음 몰아내려던 줄은 흔들 흔들리고
안개 낀 시간이 흘러
철제사다리 자꾸만 녹이 슬던

그렇게 한 생이 삐그덕 넘어가던

버선꽃

김인숙

마당가에 버선꽃이 피었습니다
지나간 것들이 돌아오는 봄입니다
발이 따뜻하면 하루가 편한 법,
남명 선생과 퇴계 선생의 곧은 행보는
반듯한 버선에서 비롯되었다고 믿는
딸부자집 안주인 우리 어머니는
선생의 버선을 짓듯 딸들의 길을 닦았습니다
한 땀, 한 땀, 속부터 깁고
안감 겉감을 합치면서
꺾은 솔기에 고운 인두질을 하였습니다
한 짝의 버선을 맞뒤집기 할 때는
바늘로 버선코를 꿰어 살짝 잡아당겼는데
뒤집어져야 버선은 바른 모습이 되었습니다
나는 한데아궁이에 보릿짚 불을 밀어 넣고
어머니는 물 묻힌 손으로 묽은 밀수제비 뜨는
오월 저녁이면 버선목 위로
말만한 언니들의 하얀 종아리가
밀물처럼 차오르곤 하였습니다
집 나서도 우리는
버선코처럼 오똑하게 자존심을 세우고
먼 길 걸을 준비가 되었습니다
그 후 세월이 또 많이 가고

봄의 마당가에 어머니의 손길이 돌아왔습니다
관음보살님이 남기고 가신
맑고 갸름한 버선들이 내걸렸습니다
등불같이 환한 버선꽃입니다

그리움의 변천사

- 아동기

김재순

어머니, 변덕쟁이 어머니
밤과 낮의 얼굴이 다른 어머니

밤이면 나를 업고 눈을 꼭 감은 듯 깜깜한 골목 따라
밤마실 가던 어머니, 등에 엎드렸다가 문득 고개 들면
별무더기, 그토록 찬란한 은하수 북두칠성
그 빛을 내게 주던 어머니

낮이면 성질 나쁜 어머니
걸어서 읍내 장까지는 이십 리 길
종달새 낮게 나는 보리밭은 냇물 건너가는 길
그래도 따라간다고 징징거리는 내 어린 등짝을
사정없이 후려갈겨 입 크게 벌리고 울게 하던 어머니

아동기의 그리움은,
사춘기까지 계속된 애타는 내 그리움은
토종여우, 바로 내 어머니

온돌방

김종희

구들장 밑에 감추어진 죽음이 있다

검푸른 하늘에선 기와지붕 위로 함박눈 내리고
부엌 아궁이에선 하얀 뼈들이 불탔다
하얀 뼈들 위에서 죽음이 자라고 죽음이 불탔다

불타는 죽음은 뼈들의 푸른 영혼을 끌어안고
깜깜한 고래 속으로 끌려가며 하얗게 불탔다
고래는 뼈들의 비명을 빨고 아픔을 파먹었다

하얀 불꽃 위에서 죽는 죽음
그 위에서 꽃피는 아늑한 식사와 훈훈한 잠

굴뚝 밖으로 내몰린 질식한 혼들은
공중의 깊고 어두운 가슴속으로 흩어지고
컴컴한 아궁이에서 기어 나온
식은 불의 잿빛 그림자들은 어둠을 타고
부엌문을 빠져나가 벽을 치며 떨었다

안부를 묻다

김주애

잘 지내시나요
요즘 날씨가 많이 덥죠
로 시작하는 첫인사는 생략된 지 오래
예전보다 지구는 빨리 돌아서
가지런히 줄그어진 편지지 안에 채울 이야기 따위는
고무줄에 묶인 채 봉인되었다
슈퍼 귀퉁이에 달려있는 빨간 우체통은
유지비도 벌지 못하는 식충이로 전락
40글자에 20원
사람들은 1원의 마음도 흘리지 않기 위해
안부를 묻지 않는다
말들은 암호처럼 끼리끼리 통하고
무선으로 전달되는 백만 볼트 사랑 따위
과부하로 인해 머무를 곳이 없다

p.s
석 달
텅 빈 마음으로 서 있다가는
철거됩니다

물소리를 그리다
- 기우도강도*

김주완

나갔다. 물소리를 만나러 강가에, 날마다 나가 귀 열고 하루 종일 살폈다. 망초꽃 줄기를 차오르는 물소리, 쥐 오줌 번진 고서의 책갈피에서 연기처럼 새어나오던 그렁그렁 중시조의 가쁜 숨소리, 젊은 어머니의 가슴으로 휘돌아 나오는 한숨소리 보았다. 만나서 보다가 읽으며 들었다. 흐르고 흐르는 소리.

그리고 싶었다. 물소리를, 밤마다 그리는 진경산수화, 간절한 물소리의 사경(寫景), 온전한 소리가 그려진 화첩을 꿈결에 펼치고 또 펼쳤다.

그렸다. 붓을 들어 강줄기 그득한 물 위에 섶다리를 세웠다. 지게 짐 진 초동 두엇 앞세우고 갓 쓴 노인이 지팡이 짚고 다리를 건넌다. 지나온 한 생의 무게가 강의 서쪽 끝으로 기우는데 산자락 마을의 키 큰 나무 아래 키 낮은 집들 참 가지런하다. 소 등에 올라탄 아이 옆으로 젊은 유생이 소 등에 앉아 나란히 강을 건넌다. 어린 송아지 한 마리 하얗게 물속을 뒤따른다. 세상의 세월이 대대로 흐르는 강물 자락, 그들이 듣고 있을 물소리는 보이지 않는다.

남겼다. 언젠가 눈 밝은 자는 볼 것이라 화폭 여백에 구석구석 물소리를 숨겼다. 차곡차곡 접어서 풀숲에 찔러 넣은 물소리, 물소리, 긴 강물 소리.

* 기우도강도(騎牛渡江圖): 단원 김홍도의 진경산수화. 병진년 화첩 제7폭.

통증클리닉

김춘자

호적 나이 104살, 실제 나이 84살
이중 나이 가진 할매
무릎이며 허리며 찜질팩 붙이고 아이고, 아이고 한다

낼은 꼭 고사리 꺾으러 가야 한다며
주사약 많이 넣으라 성화시더니
또 금방 잠이 드셨다

꿈에서조차 산에 올라 똑똑 꺾은 고사리 등짐 지는가
가마솥에 불 지피고 끓는 물에 푹푹 삶고 있는가
끙얼끙얼 앓는 소리 병실을 채운다

청려장 짚고 노랫가락 잊은 채
할매 신음소리 옹이가 되어 무거워진다
공으로 먹은 호적 나이 아직 20년이나 남아있는데

길 위에 눕다

김현이

슬픔 몇 무더기 길 위에 눕는다
박스떼기 속 웅크린 몸
작고 작아져 딱 한 줌이다
너무 쓰라려 서로 부비지 못한 상처들은
외따로 냉기를 보듬는다

다시 섞이지 못할까 두렵다가도
아니
다시는 섞이지 않을 것처럼 세상 등지고 모로 누워
빈 내장의 아우성을 달랜다

이젠 어쩔 수 없다고
다 포기한 지금이 편하다고
죽어도 좋다고 억지 부리는데
잔인한 희망이 자꾸 쏘삭거린다
곧 봄이라고

도마

나동훈

중앙시장 뒷길 가게
꺼지는 불 희미하고
명태놈 쳐야
풀칠하는 친구
예순의 피로를
걸머지고
순댓집 대포 사발 안고
기대 쉰다
너로 가득한
난 텅 빈 도마
나잇살에 다가오는 삶
생의 맛이 조여 오고
불황의 문턱에 받히는
비린 냄새
가득한 해질녘
헐떡이는 한 숨소리에
목숨도 짐이다 싶어
악을 물고
도마 위 명태를 친다
지그시 입술을

바람의 방식

- 영충호(嶺忠湖)를 노래하다

나영순

태어나면서부터 나는 중원(中原)이었네
한 그루 나무가 숲을 이루기까지
숲의 힘줄이 푸른 강물로 흐르기까지
그대와 그대의 마음을 이어 사이를 무너뜨리고
세상 모든 경계를 지웠네
그대들 기다림의 사계(四季)를 숨소리로 옮겨다 놓고
한 채 집 지을 수 있는 공터를 품었네

지난 계절의 그대는 꼬리가 참 길었지
달을 품고 왔다가 해를 돌아 나가서
지붕 아래 잠시 쉴 때 나뭇잎에 새겼지
우리에게 사이가 있었고 경계가 있었느냐고
거리를 지우면서 그대가 내게 물었네
그대에게 언어는 중요하지 않았네
그대가 몸짓으로 말했네 세월의 물무늬로
다 지나왔는데 아직 길이 남아있다고

오늘도 나는 불어가네
길은 길로 통한다는 오랜 전언(傳言)을 싣고
강이 되고 들판이 되어
그대와 그대를 잇는 칸칸의 바퀴를 달고
이 끝에서 저 끝까지

끝날 때까지, 소멸 없는 영원까지
산맥과 경계를 넘어
마침내 그대와 그대가 하나일 때까지

단풍

민주목

아, 곱다
올려 보다
이내 고개 숙여져라

긴 폭염
우박
태풍
몸으로 막고, 맞은

영근 알
놓아 보내며
웃음 짓는 그간 멍 빛

가을 오후

박경숙

나무는 서럽지 않은 기다림으로
노란 현기증을 일으키고

산은 그리움의 깊이조차 알 수 없어
붉은 울음을 토해낸다

황금빛 들판에 홀로 서있는 허수아비
따가운 햇살을 바람에 실어 보내면

하늘은 말갛게 세수를 하고
뭉게구름 따라 길을 나선다

혈압

박두순

혈압이 안녕하신가
문안하려고
병원 가는 길
눈송이가 핀다

삶은
이런 이쁜 것들과 불화하고
혈압 올리는 데 열중했다

병원 입구
눈송이들 받아들고
혈압을 조금 녹인다

120에 80, 좋군요
눈이 와서 그래요, 내 말에
여의사는 깔깔 웃었다

눈송이 혈압도
안녕하시다

만추(晩秋)

박병래

여문에 툭 툭
산길이 분주하다
고운 새악시 볼처럼
달랑거리는 모빌들
이승의 마지막 빛깔로
활활 태우는 절정
헝클어진 인연의 마지막 빛깔
승천하는 용의
불길에 부정 타지 않도록
희열감을 뜨겁게, 벌겋게
토해내는 가을 산

강가의 가을

박순남

가을 햇살은 염료다
갖가지 빛으로 노란 염색을 하는 은행나무
배추벌레는 배춧잎으로 공짜 염색을 하고
강이 후원하는 주말농장도 갖가지 색채로 깊어간다
물고기는 강의 빛깔로 채도를 맞추고
키 큰 포플러는 머리에 찰랑찰랑 금빛 물이 든다
참새 떼의 소란이 몰려드는 모래톱
버드나무미용실로 우르르 달려가는 참새 떼
참새들의 수다로 미용실은 북새통이다
눈 맞은 참새가 둥지를 옮긴 얘기
처마 아래 태풍을 견딘 거미집 소식
낡고 늙은 버드나무미용실이 공중에 떠 있다
가타부타 이웃의 이야기에 물든 저녁이 온다
강가의 일상이 올올이 풀리는
왁자지껄한 버드나무미용실이 문을 닫는 저녁
수수대가 가려운 귀를 털며 붉은 머릿결 날리고
형형색색의 염색을 서두르는 가을이
새의 겨드랑이 속으로
나무의 나이테 속으로
강의 모래톱으로 스민다
염료가 바닥난 가을이 붉은 노을에 첨벙대고 있다

이스래기

박순덕

"순덕 씨 이거 하나 먹어봐요"
한 학우가 홍시 하나 내민다

어린 시절
찬바람이 일기 시작하면
꼭두새벽에 안개 속을 헤치며
이슬이 잔뜩 발린 이스래기 줍기 위해
감나무 밑을 서성였다

들깨밭이나
배추밭 이랑에 발을 넣으면
잠이 덜 깬 떡개구리 꾸럭꾸럭 소리를 질렀다

화들짝 놀란 감나무 엉겁결에 떨군
이스래기 두 개면
내 배는 벌떡 일어났다

잘 익은 홍시 천천히 베어먹는다

강이 흐를 때마다

박언숙

저토록 부둥켜안고 뒤틀며 흘러도
터지고 상처 나지 않게 보듬는 순한 품
저 먼저 가려고 안달하지 않고 쉼 없이
흐르고 흘러
밤새도록 잠들지 못해도
밑바닥에 수런거리는 모래알들 다독이며
살뜰한 손길은 낮은 곳으로 굽실거린다
먼 날 너에게 이별 고하지 못한 채
여태까지 앓아온 내 불치를 들켰다
굽은 모롱이 길을 바쁘게 돌 때마다
걸리고 넘어진 아픈 기억 가두고
흠집 나서 생채기 진 시간들
급히 몰아치면서도 차마 떨치지 못해
끌어안고 놓치고 연달아 흐르는 것들

가을바람

박윤희

가을바람
휘~익
지나간 자리

볏가리 쌓는
아버지의 너털웃음에
메뚜기 떼
뜀박질이 바쁘고

가을바람
휘~익
지나간 자리

은행잎
후두둑
나비되어
날아오르니
온통
노오란 물감 천지가 되었네

실려 간 것은

- 낙동강 (28)

박찬선

실려 간 것은 사람만이 아니었네

어깨띠 두르고 흰 수건 동여매고
대구상업학교 나오신 삼촌은
석탄연기 속으로 아련히 사라지고

아버지께서 밤새워 짜신 꿈의 가마니는
함창 태봉과 가까운 해평에 주둔한
개도리 찬 왜병들의 감시 아래
낙동강으로 실려 갔네

실려 간 것은 갑오년의 노래만이 아니었네

御化世上 사람들아 台乃말삼 들어보소
鳥乙矢口 鳥乙矢口 풍려세상 우란한데
이런선경 다시잇나 矢口矢口 鳥乙矢口*

묵은 산에 봄이면 하얗게 피는 벚꽃
그 향기의 뿌리를
포박한 동물처럼 동여매여
눈물 흘리며 실려 갔네

낙동강에 실려 간 것은 목숨만이 아니었네

*상주은척동학교당 「도덕가」 중 「몽중명심가」 일부.

보내고 싶지만

박창수

어느 날, 어머니 방에 오신 손님은
초인종 소리와 대문 여는 소리 없이
초대장 보낸 기억도 없는데 오셨다

가족관계와 각종 증명서에도
없는 이름 하나가 비집고 들어와
눈치도 없이 그냥 살고 있다

산삼, 보약, 영양제만 찾는
그 손님은 친구처럼 살고 있다
알츠하이머와 파킨슨은 가족이다

서검도

박하리

논둑길에 천 년의 눈꽃이 피었다. 한겨울 꽁꽁 얼었던 얼음장이 깨어지고 뒤엉켜 바다로 흘러든다. 밀고 밀리며 떠내려 온 얼음이 섬 둘레를 가득 메운다. 어디에서 흘러온 얼음인지 알 수가 없다. 겨울의 전장은 섬을 건너 건너 또 건너에서 벌어졌을 것이다. 바다가 온통 폐허다. 외줄에 묶여 있는 여객선은 얼음 위에 마냥 앉아있다. 육지로 향하는 발들이 선착장에 묶여 있는 동안에도 얼음은 끊임없이 섬으로 밀려든다. 선창가의 보따리들이 얼음 밑으로 가라앉는다. 얼음이 힘 빠진 여객선을 바다로 밀어낸다. 얼음이 잠자는 섬을 먼 바다로 끌고 간다. 바다는 포효하고 얼음덩어리들은 춤을 추어도 섬은 잠에서 깨어나지 않는다. 겨울을 지키려는 바람이 아직도 바다를 휩쓴다. 발길 돌리는 논둑길에 천 년의 눈꽃이 피어있다.

세월 따라 흐르는 곳

희우 박혜자

어느새
주름진 눈가엔
바람이 불고

어느덧
코스모스 핀 실 내천엔
실안개 피어오른다

세월 따라 걷는 내 모습을 보며
머물 수 없다는 젊음을 인지한다

바쁘게 살아왔더니
다리도 후들거리고

세월도 느림으로
붙잡을 수 있으면 좋으련만!

거역할 수 없으매
순종하련다

연(緣)

백종성

심박아
이제 이 사람 놓아줘
아냐,
이 사람 붙잡아 줘
힘들고 고통스러워
그러니까 이 사람 놓치지 마
외면해도 이해해 줄 것이고
붉은빛 선혈을 내뿜는 역동에도
아프지만 않았으면 해
손을 놓는다는 건
분명,
심장을 내려놓는 것
행복에 겨워 아파하고
기쁨에 눈물 흘리며
눈빛만 스쳐도
뛰박질하는
박동을 느꼈잖아
심박아
이 사람 꼭 잡아 줘

강가에서

가산(嘉山) 서병진

흐르는 것은 물뿐이랴
있는 것은 마음뿐이랴
흐르는 물에 마음을 씻고
하늘을 보면 텅 빈 가슴에
알곡이 가득히 차인다

넘실거리는 강물 서로 안고
유유히 흘러가는 도도한 모습
너무나 평화스럽고 힘차게
수놓는 여유 있는 삶의 행진
새 희망이 출렁거린다

남강

손광세

강물이 살랑살랑
촉석루를 헹군다

기왓장에 묻어있는
비듬을 씻어내고,

대들보에 박힌
치석을 긁어낸다

눈 털고 일어서는
대나무 이파리처럼

세월이 흐를수록
젊어지는 의암

강물이 살랑살랑
진주성을 헹군다

생각에 잠기다

송영미

복어국을 먹다
와사비 한 방울이
새로이 장만한 바지에 떨어졌네 어쩌나
한 여름내 농사지어 마련한 옷이거늘
와사비 묻은 것을 닦아내려 하니
옷은 더 얼룩져 버렸네
가만히 두면 좋았을 텐데
내 욕심에 한 자락이 얼룩이 되었네

상산관에서

보은(報恩) 신국현

1.
흰구름 스친자리
상산관 문설주라

유유한 북천수는
말없이 흘러가도

오현*들 머문자리
지금도 새롭다네

2.
갑장산 모은정기
천봉산에 혈이맺혀

상산별 옛고을에
서기가 찬연하니

미래로 향한걸음
내일은 대도려니

3.
황지연 솟은물결

쉼없이 내수하여

벼루직하 경천대
일경을 빚어놓고

유생들 낙강시제
도남서원 뜨락이네

*오현: 이규보, 김종직, 유호인, 이황, 류주목.

고마리

신순말

산밭에 메밀꽃 피면
도랑가에 고마리 핀다
소똥거름 진하게 삭아 흘러도
아무려면 어때, 여린 발 묻고
지나는 바람에도 어깨춤 추며
작은 꽃을 톡톡톡 피워낸다
큰물 지나가 모두가 스러질 때
아무렴, 아무려면 어때
조심스레 여린 발을 뻗고
고샅고샅 가장 먼저 깨어나면
어느새 도랑은 참 맑아진다

콩나물시루에 담긴 물소리

신윤라

새벽에 피는 콩꽃은
콩나물시루 속 나의 자화상이었습니다
그가 만개할 때쯤이면 팔려 나가야 합니다

콩나물시루는 첫 닭의 울음소리를 들었는지
어머니 두 손을 꼭 잡고
새벽시장에 덜컹
그 울음소리를 내려놓습니다

어둠이 풀리지 않은 안개 속에 끼인 사람들
밀려드는 떠들썩하는 소리들이
어머니의 얼어붙은 속눈썹을 때어놓습니다

좌판 위에 수북하게 쌓인 콩나물 무더기 속에서도
어머니의 두 눈은 커져 빛이 나고
팔려나간 껍질을 털어내는 중에서도
긴 한숨을 토해냅니다

콩나물시루에 담긴 물소리는 어머니의 전생인 양
새벽이 길게 자라고 있습니다

토끼잠을 잔 놀란 눈으로
콩나물시루 안에 든 식솔들의 밥순갈을 세어 가며
새벽시장을 열고 있습니다

나와 도스토옙스키와 예수

신재섭

　　　　　　그걸 우연이라 해 두자
　　　　　　그걸 필연이라 해 두자
당신, 도박을 엄청 좋아하셨다면서요
어쩌면 다행이었네요.
소설만큼 도박에 소질이 없었던 것이
모르셨지요?
기나 긴 세월이 지나는 동안
이 세상에 수도 없이 많은 사람들이
한반도 남단 어느 시골에서 그저 그렇게 살아가는 나라는 사람이
당신 소설과 당신을 굉장히 좋아하게 될 거란 것을
예수를 무척 좋아하시지 않으셨나요?
무엇보다 인간 예수를
나이가 들어 갈수록 당신 생각이 날 때마다
그렇게 느껴지네요
당신, 성경책을 머리 곁에 두시고 주무셨다면서요

물의 길

신표균

먹구름이나 밀림 속은 늘 분주하다
끈적거리는 수다와 침 튀는 토론은
태초의 침묵을 흔들어 깨우기 일쑤
얼굴 붉히기 직전까지 가서야 내린 결론,
물의 입자들이 길라잡이로 나서기로 한 것이다

다람쥐가 종종걸음으로 다진 오솔길로
도토리 굴리듯 흐르는 물소리에
귀가 뚫린 음악가는 노래 부르고
주린 영혼 자처하는 시인은 문자의 허기 채운다

시와 노래가 물길 따라 새 길 넓혀 나가면
바다는 포만감에 하얀 뱃길 열어주는 여유 부리지만
사람들은 그 길로 대륙 건너다니며
예수가 물 위를 걸어간 흔적 찾기를 단념하지 않는다

지표수가 아래로만 흘러 바위는 에둘러 가고
웅덩이 만나면 잠시 숨 고른 후, 징검다리가 발목 잡으면
윗마을 소식 아랫마을에 전해주고 강나루 걸터앉은
나룻배 안부 궁금해 기웃거리기도 하다가
바다에 다다라서야 새삼 오래 머물 곳 아님을 알아차릴 즈음

지하수는 등고선 따라 산봉우리까지 거슬러 올라 가뭄에
옹달샘 만들고 마을로 내려와 우물을 파기도 하는데
스스로 출생지는 알은 체 하면서도 귀향할 목적지가 아리송한지
흘러온 길 자주 뒤돌아 눈여겨본다 '염하윤상(炎下潤上)'!
불은 내려오고 물은 올라가는 길(道) 찾기나 한 것인지

홍시

양문규

햇살에 터져 내린 늦가을 저녁
찬 서리마저 핥아 빨아먹고
그렁저렁 한 주먹 살이 된
아, 늙은 아버지

아스라이 감나무에 매달려 있다

영월의 별

양선규

영월의 별들은 맑은 강물에 뜬다
유난히 빛나는 별은 시와 함께 산다

사철 푸르게 흐르는 동강은 그 별과 시를
가슴속에 묻고 천년을 흐른다

폐선

양진기

범선 한 척이 건조되고 있다
건물과 건물 사이에 범선의 뼈대가 세워져 있다
세로와 가로를 이어붙인 거대한 정글짐
사방을 둘러친 돛이 펄럭인다

출항 예정일은 이미 지났다
승선할 선원들은 보이지 않고
찢어진 천 사이로 텅 빈 격실의 기둥들이 빽빽하다
안전제일이란 글자가 여기저기 굴러다닌다
벽 옆구리에 뚫린 구멍에서 붉고 푸른
내장 같은 전선이 빠져나와 있다

해가 지면 범선의 갑판이 술렁거린다
몰락한 영혼들이 모여들어 격실을 채운다
종이박스를 바닥에 깔고 누워 소주를 럼주처럼 들이킨다
가슴마다 돛을 모두 펼쳐 바람을 받는다
깊이 가라앉은 닻을 끌어올린다
출항할 시간이야, 육지에서의 삶은 불화였어

범선을 점령한 해적의 영혼들
캄캄한 난바다로 춤을 추며 떠난다

낙동강에 흐르는 물

여인선

버린 내 삶에
사랑을 타오르게 하는 등불
아버지 정
하늘나라로 가는 태양 빛
횃불의 정 속
태양 같은 빛은 나의 전부인 것을

가을

오승강

푸르던 잎 붉게 물들어
잎 지는 햇살 밝은 날에는
나도 가을이 되고 싶었다
내가 서있던 자리에 씨앗 하나 떨군 뒤
잎 지는 나무가 되어
내 몸을 눕히고 싶었다
씨앗 하나 내 몸에 맞아들여 뿌리를 내리면
내가 맞이한 가을들을 펼쳐놓고 싶었다
파란 하늘과 눈부신 햇빛에
제 몸을 드러낸 열매들의
깊은 향기에 오래 젖고 싶었다

경천대에서

우상혁

물줄기가 수평을 긋고
잠시 멈추어 쉬는 곳

저
차별 없는 평등한 관계들에서
비로소
참 우주의 平和와 慈悲를
생각게 하는 곳

비움과 채움이 동시에 일어나
어설픈 사람의 눈으로는
그 있는 높낮이를 절대로 바라볼 수 없는 곳

하지만
어딘가의 낮은 곳으로 향하는 사랑이
진정한 사랑임을 금방 깨닫는 곳

진리, 진실을 알고 싶으면
하늘을 한 번 올려다보고
또 한 번
반드시 내려다봐야 하는 곳

경천대에서
낙동강을 내려다보다

벌초

우재호

이태 만에 찾은 부모님 산소
아까시나무는 허락 없이 뿌리를 내렸고
키를 넘게 자란 무성한 잡초들
봉분을 점령하고 있다

예취기의 굉음
매캐한 매연에 머리가 어질해진다
나는 물에 빠진 생쥐처럼 온몸이 젖어 오나
산소는 제 모습을 찾아간다

명절 때마다
엄마는 미장원에 들러 머리를 자르고
양귀비로 염색하곤 했다
그럴 때마다
양귀비를 받아들이지 않는
몸은 퉁퉁 부었다

살아생전에는 양귀비도 못 받아 들였던 엄마
무성한 잡초는 어떻게 받아들이고 있을까?
살다보면……
세상에 받아들이지 못할 일은 하나도 없단다
무덤가 영산홍 너머 엄마의 고운 음성이 흐른다

수련

유재호

물의 높이만큼만 키를 키우는 꽃
물빛보다 말갛게
새벽안개에 젖어있다

온몸을
드러내지 않아도
외등처럼 환하다

내밀한 속살로
새벽이면 꽃 문 열고
바람에 떠밀리어 물 따라 휘돌다가

시든 꽃
마지막 때엔
앉은 자리서 몸 감추네

고사목

윤현순

우듬지를 버리고
장좌불와에 든 나무 한 그루

얼었다 녹기를 반복하며
온몸 비릿한 바다를 새긴 북어처럼
수척한 등뼈에는
산 하나가 나무의 일생을 거쳐 간
푸른 궤적이 남겨져 있다

벌거숭이로 왔던 처음처럼
한 잎 무게도 욕심인 듯 다 내려놓고
울울창창 생을 건너 열반하는 저 나무부처

누워서 이승에 왔으나
앉아서 가는 먼 길
저만하면 성불이지 않은가

청령포

이덕희

영월이라 청령포
경복궁에서 청령포로
단종임금 맺힌 한을
그 누가 풀어주리

숙질간의 자리다툼
윤리 도덕 팽개치고
수양대군 횡포왕권
한 맺힌 정순왕후

육지 속의 섬이라니
영월 땅 청령포
유배로도 모자라
죽음까지 몰고 오네

상놈양반

이만유

상놈이 돈을 벌어
양반을 샀다

도포 입고
갓 쓰고
장죽 들고
팔자걸음으로
애햄! 하고
골목길을 걷는데

야! 이놈! 하는 소리에
제풀에 놀라
옷섶에 얼른
담뱃대를 감춘다

지나는 사람
헛기침에도 놀라
몸을 굽힌다

강물이 앓아누웠다

이미령

언제부터인가 강물이
흐르지 않는다, 귀가 열려
여린 풀잎들 웅성거리는 소리에도
자주 잠 못 이루던 강의 불면
수척해진 세월의 허리에
다투어 자리 넓히는 바람
풀 수가 없다, 길을 가로막는 강 언저리
위태로운 하늘 아래
영원을 향해 날던 새들도
고단한 몸을 풀어놓지 못한다
시시각각 물무늬 그리던 백사장
물소리 품고 일렁이던 버드나무
꿈이었을까, 닿는 눈빛마다 피어나던
형형색색 눈부신 꽃의 계절
흐름을 버린 기억의 자리에
속을 비워내지 못한 강물이
앓아누웠다, 이상한 나라의
어지러운 무늬를 하고서

거머리 연가

이상훈

기척도 없이 붙어서
빨판을 살 속 깊숙이 박고 피를 빨 때
신다 버린 스타킹으로 벽을 세우고
고무장화로 성을 쌓았지
만질수록
보드레한 논 흙살처럼 유독
보드라운 살을 좋아하고
보드랍게 꿈틀거리던
그의 움직임은 어디로 갔을까
가끔은 모자란 듯 사랑하자
주면서도 웃고
지면서도 웃어야지
더욱더 부드러워진 흙에
더욱 보드라운 살을 담그면
살 냄새 다시 맡을까, 거머리

구두실

이순영

뒤안 대숲이 무섭게 울었다
문풍지 밤새 버룽버룽 떨고
돌담으로 드나드는 바람
소나무가지 내려앉는 소리에 뒤척이다가
새벽잠 든 날은 엄마 목소리 다락보다 높았다

청솟갑 쳐대는 매캐한 아궁이 불길 활활 치솟고
세숫물 데워 바가지 띄워 놓으면
발갛게 튼 손등 따가워 고양이 세수를 했다
소반 위에 간장 종지 미끄러지지만
기름 둥둥 뜨는 고깃국이라도 먹는 날은
한 마장 넘는 등굣길 아랑곳 않고
북풍이 몰고 온 눈보라에도 기죽지 않았다

애면글면 아파도
고향집 삐걱거리던 마루 이끼 낀 돌담 그을린 정지문
흙 마당에 자욱이 깔리는 저녁 냉갈
젊은 엄마의 광목 앞치마
예닐곱 살 겨울

낙엽

이승진

가을 운동장은
운전면허시험장이다
저 많은 응시자들이 떨어지려 모여 있다
녀석들,
푸른 수입증지를 덕지덕지 붙여오더니
오늘은 바람을 탄다
T 코스에서 헤매던 것들이
S 코스를 유영하기도 하고
어떤 놈은 완성된 후진을 하며
끝까지 흩날리기도 한다
몇 놈은 벌써 도로주행시험이다
이 - 쁘 ~ 다
한 놈 한 놈 떨어질 때마다
기러기 날아가며 합격 벨을 울린다
기럭 기럭 기럭 기럭
이 운전면허시험장은
잘 떨어지는 것이 합격이다
참 좋은 가을이다

나루

이옥금

사람 태운 버스가 배를 타고 건너던
토진나루
지매 짚던 사공
굽이 도는 물결 따라
남쪽나라 어디쯤 갔을까

강창나루 빈둥 하던 겨울
모닥불 피워 마음 녹이고
얼음 위에 꼼지락거리던 발가락
허기진 가난 이고
얼어붙은 강물 위를
줄을 타는 광대처럼
아슬아슬 건너던 고향나루
전설을 간직하듯 표석만 남고

봄이면 벚꽃 만발하는 강창나루공원
오늘과 내일의 역사를 잇듯
새로 놓인 교량 위를
기억의 꼬리 자르며 자동차 지나간다

달, 실연하다

이외현

오밤중, 탱자 울타리 넘어 꽃 따러 갔지
꽃, 따기도 전에 가시에 찔려 아팠지
해가 없는 밤이면 꽃은 잠을 자지
달은 오므린 꽃잎에게 속삭였지
열어 봐
제발, 좀 열어 봐
꽃은 못 들은 체 고요하기만 하지
서성이던 달은 눈이 퉁퉁 붓도록 울지
꽃이 뿌옇게 보일 때까지 혼자 울지
별들이 슬픈 달을 감싸며 위로하지
해를 향해 꽃잎 열어 활짝 웃는 꽃 바라보며
낮달은 구름 속에서 또 숨죽여 울지
칠흑의 밤, 달은 흐린 빛을 내려놓고
산꼭대기에서 꺽, 꺽, 목 놓아 울지
천년 동안, 폭포 같이 울었지

낙동강 샛바람

이은협

낙동강 구비 돌며 팽이를 치던 샛바람
청량사 불자들 옷깃을 잡고
색즉시공 공즉시색 불경을 외우며
청량산 열두 봉우리 구경 나선다

연화봉 자소봉 경일봉
산 빛에 귀먹은 청량산성도 보고
장인봉 향로봉 금탑봉 연적봉도 보고
솔가리 깔고 한나절 졸고 있는
청량정사* 고산정* 김생굴* 풍혈대*도 보자 한다

마지막 정열을 불태우는 단풍길
울긋불긋 산객들과 어깨동무하고
새들의 청명한 울음소리 들으며
쑥부쟁이 들국화 어우러진 숲속에
샛바람의 꿈 야무지게 펼친다

*청량정사: 퇴계 이황이 공부하던 곳에 세운 집.
*고산정: 퇴계 이황이 청량산 오갈 때 자주 들러 빼어난 경치를 즐기고 여러 편의 시를 남긴 곳.
*김생굴: 서성(書聖) 김생이 글씨 공부하던 곳.
*풍혈대: 대문장가 최치원이 수도한 곳.

물소리

이준섭

물소리로 떠 흐르던 사찰 하나 멈췄어라
갈수록 깊어지는 오솔길 뒤 내 가슴 숲속에
하늘 속 속삭임 들려주는 부처님 한 분 모셨어라

굽어지고 패임 많은 가파른 길일지라도
한 조각 갈잎으로 떠 흘러가는 새소리라
산 넘고 강 건너 가는 나의 길은 물소리라

잎으로 손짓하다 호수 되는 당신 모습
물안개로 피어오르다 하늘 되는 당신 모습
그리움 솟구친 봉우리엔 피어나는 흰 구름

물소리로 흐르다가 당신을 꿈꾸다가
사찰 하나 세웠어라, 부처님 모셨어라
비어서 더 터질 듯한 가슴 물보라로 피어나라

가을비 미술관

이중우

가을비
오는 날에
미술관
찾아가니

전시된
그림들도
가을비
맞으려고

미술관
앞마당 가득
나와 서서
비 맞는다

텅 비운 전시실로 가을비 들어와서
빈 액자 하나하나 가을 빛 채워 두면
젖은 가을 더듬으면서 관람하는 사람들

강(江)

홍소 이창한

바람은 기적소리를 내며
경사진 강둑으로 내려앉는다
굽은 곳 돌아들면
여울로 환하게 반짝이는 푸른 물내음
고단한 여정 낡은 배로 저어가는
세상사 버려진 행로

고향이 있어 돌아오는
가슴에 묻혀 우는 강물이여
살다가 길 잃어버린 곳에서
아래로 아래로 흐르는 강따라
이곳까지 흘러왔건만

그리움이라는 게 오래되다 보면
바위로 선다고 했다는데
기다리는 것도 일이라고
흔적도 없이 사라진
옛적
가슴속에 흐르는 강물따라
보이지 않는 길을 내고 싶어 했다

텅 비어 있어도 가득 차는 외로움

강변의 바람을 재촉하는
강물은
이슥한 밤이 되면
거꾸로 흐르는 것을……

죽은 새

임술랑

호밀 멀쑥이 자랐고
낙양동 방천둑 나무에서
비린내 풍기는 늦봄
다리걸 슈퍼 마루에
사내 하나 앉았다
품안에 있던 새
날아갔던가
곧 울 것 같은 표정으로
통막걸리 나발을 불고 있었다
하늘은 꾸무리하고
건다보니
낙양교 난간에 죽은 새 한 마리 얹혀
앙상하게 말라가고 있었다
서성거리던 나는
그 풍경 속에 들어가
막걸리 한 통 사는 것이었다

내 유년의 강은

임신행

낙동강은
사월의 청보리밭이다

서러운 비는
실소금내치듯 하염없이 내 유년의 강 낙동강 굽이굽이 내리고

강물은
천주봉을 만나 한판 대거리를 하다가
한 걸음 물러나 머뭇거리다 다시 걸음을 시작하고

경천대 발목을 적시다 휘돌아가는
낙동강은 늘 서럽게 자란거리고

낙동강 강물은
세상물정을 다 아는
일흔한 살 우리 어머니다
애절한 마음으로
흘러가는 역사의 강이다

사람이 사는 마을과
마을 사이를 도도히 흘러 갈
천양무궁의 강이다

강의 연가

전봉희

어느 산모퉁이를 돌아 그대 만났을까
너를 만나서 내가 비가 되었다
어느새 무지개도 되었다가
어느 땐 뜨거운 햇빛이었다가
다시 먹구름이 되고 마는 당신은
어디쯤에서 나를 만나러 오려 하는가

하늘 높은 가을 어느 날
하얀 뭉개구름으로 떴다가
사무치게 그리운 님 생각에
목 놓아 울고 싶은 날
먹구름 되어 바람은 자게 두고
굵은 소낙비로 오시려는가

관능의 능소화

자경 전선구

티치아노 캠퍼스에 몰래 나온 여인아
눈길을 돌려 봐도 또 다시 그 자리로
가슴에 두 점 꽃송이 유혹처럼 피었나

꽃무늬 침대 위에 풍만해라 저 육체여
넋 놓고 바라본다 물기어린 눈동자를
손으로 가리고 있어 오히려 완연해라

못 먹는 막걸리를 청해 먹고 싶은 맘
이 혹서에 등골에서 찬바람 일어난다
관능의 능소화 꽃이여 홑바지를 벗어라

마량포구

전영관

마량포구에서는
큰소리로 해를 마중하지 마셔요
벌겋게 부끄럼 타는 해가
수평선 위로 얼굴을 내밀다 물결 뒤에
숨을 수 있거든요
아침 해를 기다리며
먼 출항의 깃발을 올려야 하는
고깃배의 늦은 출항을
포구는 아쉬워하거든요

마량포구에서는
큰소리로 해를 배웅하지 마셔요
떠나보아야 만남의 기쁨이 있는 것
설레는 아침부터
만선의 닻을 내리기까지
조용히 기다리기만 하셔요

마량포구에서는
말없이 그물만 손질하지요
하루에 마중과 배웅이 함께 하는 곳
기쁨도 잠시 슬픔도 잠시
제 자리에서 등만 돌리면
아침 해이고 저녁놀인 것을

신 씨받이

정 령

건강하니 장수하겠다. 돈을 버니 재복이 따르겠다. 웃음이 많으니 재수가 좋겠다. 말수가 적으니 화가 덜 미치겠다. 동쪽으로 가면 길하겠다. 서쪽으로 가면 귀인을 만나겠다. 이마가 넓적하니 남편운이 트이겠다. 고달픈 초년운이 다했으니 말년운이 편하겠다. 한강이 마르면 말랐지 돈주머니는 마르지 않겠다. 좋은 점괘야 됐고, 언제가 애 서는 날인지 그거나 봐 줘. 점집 문지방이 닳도록 밤골네는 들락거렸다. 줄줄이 대추나무에 대추 영글 듯이 매달린 아이들이 아홉에 불룩한 배를 내밀고, 뒤뚱거리며 다니길 어언 삼 년. 달빛에 들숨 날숨 토해내며 두 다리를 벌리고 서서 아기씨를 받는다. 배 다른 아홉 아이들과 배 아파 얻은 막둥이 녀석. 돈을 낙엽처럼 흩날리며 데려온 아이들이 아버지를 빙자해 대를 거스른다.
아기씨는 날아가고 헛된 꿈 복비만 날렸다.

모든 삶이 나에게

정공량

모든 삶이 나에게 띄운다
가벼워지라고
가벼워져 다시 무거워지지 말라고
모든 삶을 강물에 풀어
어디로든 흘러가라고
기억 속에 묶어놓은 세월이여

기억 속에 꽃 피는 세월이여
그대가 지금 어디 서 있는가
그대가 서 있어
내 삶은 다시 무거워지는가
아득하게 바라보며
다시 바라보지 않으리라는 맹세

지금 저 강물에 흘려보낸다
지금 저 하늘에 띄워보낸다
모든 삶이 나에게 띄운다
가벼워지라고
가벼워져 다시 무거워지지 말라고
모든 삶을 강물에 풀어
어디로든 흘러가라고

강물

정관웅

강물은 가슴으로 사랑을 낳는다

세상을 구상하는 것은, 내가
바다로 가는 그 까닭만은 아니다
평야를 위해 기도를 올리고
억겁의 세월을 넘어서야 평생을 함께 살 수 있다고
창창한 어린잎을 달고 산을 오른다
초원의 고요가 초원의 어둠을 두드릴 때
흔들리는 밤이 올 때도
끝없는 흐름이
나의 타고난 운명이라고
푸른 안개 적셔진 온 세상을 서럽게 운다

무슨 일이 여기에서 일어났는지
선량한 감정들이 내 안에 솟아오른다
세차고 도도하다

나는 혼자 간다

어거지

정무현

어거지도 정도가 있다는데,
말도 안 되는 어거지 풀어제끼며
왜 모르느냐 고래고래 소리 질러댄다
어깃장을 부리는 건 심각한 접속불량,
코드를 꽂으면 바로 스파크다

가만있는 게 장땡이다
변압기가 터질지 모른다
골목이 휘어질 만큼 터지는 소리는
밤길의 온도를 1.5도나 올려놓았다
골목길 지나는 사람들 재미로 흘끔대지만
장땡으로 마무리하려던 부처 씨 영락없는 죄인 된다
꼬리 잘린 펭귄이다

위기가 팽창되니,
누군가 달려 나온다
상황이 육하원칙으로 정리되고
어거지가 더 이상 통하지 못한다
뒤로 돌아 발길을 옮기는 어거지,
그래도 면(面)은 세워야겠다는 듯
거칠게 쌍욕을 뱉으며 사라진다

카페골목

정미소

달아난 잠이 맞배지붕 건너편 노천주점을 기웃거린다. 키 아담한 당단풍나무가 덧니를 살짝 드러내며 오늘의 차림표를 내민다. 먹태와 노가리와 생맥주의 끈적한 거품이 손등을 타고 흐르는 동안 당단풍나무, 까치발 들어 하늘의 별을 딴다. 강냉이튀밥 소쿠리에 터키석 블루사파이어 루비 오팔이 가득하다.

더욱 또렷해지는 잠을 별로 엮는다. 당단풍나무 아담한 몸매에 어울리는 옷을 짓는다. 점등무늬 굿나잇 롱드레스, 드레스를 입은 눈꺼풀이 내려앉는다. 끈적한 생맥주의 거품이 점멸하는 노천의 잠을 흔들어 깨운다. 달아난 잠이 카페골목을 기웃거린다.

당단풍나무에게 잠투정을 하다가 신 새벽을 게워 올린다.

소설 『용암마애불기』에서

정복태

강은 예나 지금이나 억겁으로 조용히 흐르고 있었다. 사람은 불심으로도 살아가야 하는 존재이지만 강물은 언제나 사람살이의 지극히 필수적인 물을 풍부하게 가지고 흘러가고 있었다. 효각은 영원히 흐르는 강물처럼 모든 사람들이 흠모할, 전란으로 피폐해진 저 불쌍한 중생들을 구원할 부처님 상호를 그렇게 만들어 가고 있었다.

사이에서 듣는다

정치산

사이에서 듣는다. 바닥과 탁자 사이, 탁자와 탁자 사이, 바닥과 책장 사이, 책장과 책 사이, 책과 책 사이, 시와 시 사이, 울림과 울림 사이에서 듣는다. 첫 번째와 마지막 사이, 두 번째와 세 번째 사이, 하늘과 땅 사이에서 듣는다. 나무와 나무 사이, 단어와 단어 사이, 입술과 입술 사이, 숨과 숨 사이, 사이와 사이의 사이에서 듣는다. 응과 예의 사이, 빛과 어둠 사이, 어둠과 어둠 사이, 사이의 감옥에 갇힌다. 그와 그녀 사이, 숨과 숨결 사이에서 듣는다. 행과 행 사이, 바람과 나무 사이, 바람과 바람 사이에서 듣는다. 하늘과 땅 사이. 바닥과 탁자 사이에서 듣는다. 시와 시 사이, 시인과 독자 사이에서 듣는다. 사이와 사이의 사이에서 사이의 감옥에 갇힌다. 가을이 감긴다. 낙엽이 쌓인다. 눈이 내린다. 거울에 갇힌다.

농다리*

조남성

생긴대로 크기대로 서리서리 쌓아올려
스물여덟 돌무더기 돌이끼로 잠재우고
인간의 손놀림으로 천년지네 만들었네

흔들바람 강쇠바람 우리도 지나가게
다정한 길벗인양 물여울로 맞이하고
거친세월 고스란히 흔적으로 담았네

천년의 물울음에 꿈틀거리는 농다리는
인간의 무거운 짐 발걸음 자국마다
우리곁에 다가와 앉은 부처로 환생했네

*농다리: 충북 진천군에 있는 돌다리.

아침

조재학

저렇게 가느다란 울음을 가진 새는
얼마나 작을까
작으리라

창으로 들어온 새소리가 미소가 되는 사이
밋밋한 아침의 무늬가 되는 사이
무늬를 찾아 테이블을 지나 창에서 기웃거리는 사이
……
사라졌다
……
사라진 것을 붙들고 허공이 있다

그믐달

조정숙

알고 봐야 보이는 게 있다
내 왼손 새끼손가락에 수놓아진
그믐달
어릴 때 벼 베다 생긴 낫자국이다

보여주지 않으면
말해주지 않으면
아무도 눈치 채지 못하는
나의 우울 같은 것

아니,
봐도 보이지 않는 게 있다
누구나 그믐달 하나
손에 쥐고 살아가리라
짐작할 뿐이다

강물

차회분

뜨거운 몸부림이었다
한번 뒤엎어보고 싶은 성냄에
강물은 출렁
가슴을 내보이기도 했다
버려야 한다
아니 버린 것들을 건져야 한다
여름날 빛들이 쪼아대는 등살에 강물은 또 출렁한다
뜨거운 강 숲도 일어서다 앉는다
어디로 가냐고
바람이 강물을 막아선다
버려야 할 욕심들이 모래로 걸려져 내린다
자꾸 거슬러 보고 싶은 충동
그때마다 엎어져 내리는 물살로 강물은 뒤틀린다
어디에서 그만두어야 할지
어디에서 돌아나와야 할지
강물은 모른다
마른 바람이 휘감기는
저녁에도
강물은 제 몸을 한번 엎어보기만 할 뿐

둥글려보면

천선자

미움도 둥글려보면 모나지 않는다. 저기 좀 봐. 미움을 먹고 잘 자란 내 키가 담장을 넘고 있잖아. 둥근 세상 밖. 둥근 비행접시를 타고, 둥근 꿈속에서 본 둥근 별을 찾아서 둥글게 떠나. 둥근 달을 좀 봐, 둥근 토끼가 둥근 쪽문을 열어 둥근 머리를 내밀고 둥글게 반기네. 둥근 웃음이야. 수많은 둥근 별을 지나 둥근 우주정거장에 둥글게 착륙해. 둥근 세발자전거를 타던 둥근 귀를 가진 아이들이 둥근 무지개나무를 심어. 벌써 둥근 열매가 익어. 어른들의 둥근 마음을 찾아주려고 둥근 어린왕자를 데리고 둥근 지구로 돌아와. 둥근 놀이동산에서 둥근 회전목마를 타고, 둥근 컵을 타고 둥근 축구를 하다 둥근 농구를 해. 종일 둥글게 노는 아이들의 둥근 눈동자가 둥근 나무에 열리는 둥근 지구의 한 가운데, 둥근 자동차들이 둥근 얼굴의 사람들을 태우고, 둥근 광장을 돌아오잖아. 둥근 빌딩의 둥근 창문을 열고, 둥근 웃음을 지으며 둥글게 몸을 말아 가슴이 따스한 사람들 속의 나.

노을 앞에서

어안 최상호

저녁놀 비낀 강가
갈대 무리 수런대고

백발의 느린 걸음
머뭇대는 그 까닭은

돌아가
등을 긁어 줄
손마디가 떨려서다

얼굴 붉힌 강물 위로
어질 머리 눕히려도

마지막 도약으로
폭포를 거스르는

피라미
포부 앞에서
부끄럽기 때문이다

무릉계곡의 시월

최효열

산과 사람 어우러져
타오르는 계곡
맑은 물소리에 귀가 시린데
늘어진 길마다 터지는 탄성
숲이 흔들리고, 붉은 나비
떼 지어 날아오른다

질주

추청화

강물 되려고
그 얼마나 먼 길 돌아왔을까
이렇게 모여
함께 가려고 얼마나 기다렸을까
너나없이 하나 되어
너른 강 담담하게 흐른다
억새풀 흔들어대는 바람결에
나도 그만
물길 따라 내달려본다

물안개

하재영

저건 분명 하늘나라 천사들의 옷일 거야
이른 새벽
뭉게뭉게 잠자리 날개보다 투명한 모습으로
수면에서
하늘 향해 날아가는
올라가 하늘을 파랗게 칠하고 있는
저것은
하늘에 머문 천사들의
파란 옷을 짜고 있는 손길이 분명해
어린 시절 꿈에서 보았던
연필로 그리고 그렸던
하늘나라 천사들의 옷

흐름

한명수

내 안에 흐르는 무의식의 강줄기는
가끔 내 몸 한 구석에서 멈추곤 한다
그럴 때마다 의식의 강으로 돌아온 나는
언젠가 멈추게 될 그 흐름의 마지막 날을
그려보곤 한다, 다시 무의식의 강줄기가
의식의 강물을 흐르게 하는 동안에는

뗏목, 길

함동수

월악산 영봉(靈峰)에 달뜨고 삼 년이면 강물이 트인다는
북하회(北河回)의 갑오(甲午)년
큰 염원이 이루어진다는 전설을 따라
뗏목은 물길을 열었다

정선 아우라지의 여량(餘糧)을 떠난 뗏목이
동강을 지나 충주호를 지나 굽이굽이 숱한 계곡을 지나서
한성 마포에 다다르는 뗏목길

주천 빈양산 앞은 강폭이 넓어 뗏목도 쉬어간다는
부론(富論) 강나루 허름한 주막집에도 왁자지껄 목상들이
흥청거렸다는 전설을 들으며

먼 계곡에서부터 뗏목을 띄우고
지나는 곳곳에 밥과 술을 나누었다는 풍요의 마음으로
강물 따라 두루 나누며 지나갔다는
여량(餘糧)의 전설이 새롭다

끝내, 북한강과 남한강이 두물머리에서 합수하여
한성으로 흘러들었다는 정선 뗏목의 마지막 전설을 들으며
그 중심을 지르며 흐르는 물길을 더듬어 가는 마음이
한반도를 아우르는 힘이다

파문(波紋)

함창호

강가에 앉아
흘러가는 강물을 바라봅니다
후두두둑
떨어지는 빗방울 따라
파문이 일어납니다

강물 속으로
돌을 던져 봅니다
"풍덩"
아픔의 흔적
겹쳐진 동거라미
커지다가 옅어져 사라지는
파문을 보았습니다

당신의 마음에
나의 눈빛을 던져봅니다
파문이 일어났나요?
내 마음이 들어갈 작은
틈이라도 열리는 건가요?

작을수록 강하고
커지면 약해지는 파문

당신의 마음이 열리는 문
그 정곡으로
내 마음 당신에게 보냅니다

감

허문태

떫다는 것은, 싫다는 것이고, 불만이 많다는 것이고, 인상을 쓸 수 있다는 것이고, 함께 할 수 없다는 것이고, 건드리면 가만있지 않겠다는 것이고, 고통을 줄 수도 있다는 것이고, 그래서 외톨이일 수 있다는 것이고, 아집덩어리일 수 있다는 것이고, 외로울 수 있다는 것이고, 문득 슬플 수도 있다는 것이고, 그러므로 함께 있어 주고 싶고, 더 생각이 나는 것이고, 더 잊을 수 없는 것이고, 더 잘 되기를 바라는 것이고, 더 오랫동안 기다려 줄 수 있다는 것이고, 결국은 달콤해질 수 있다는 것이다.

낙동강

홍경숙

새들이 노을을 물고 둥지로 돌아갈 쯤
오색 비단물결 일렁이는 강변에서
하염없이 흐르는 물을 바라본다

토끼풀 마을에서 네 잎을 찾고 있는데
멀리서 뛰어 오는 강아지
유모차를 밀고 오는 부부 모습이 보기 좋다

물 위를 부유하는 작은 이야기들은
모여서 결승 문자을 만들려고
삶의 지침도 흐름에 용서로 떠내려간다
쉬지 않고 흐르는 물 같은 이야기를
공 씨디에 빽빽하게 담아
낯익은 저녁 풍경이 돌고 돈다

흰 고무신

황구하

오래된 비탈 묵정밭 일궈 어머니는 고사리를 심었다
구부러진 몸 비탈을 향하여 수긋하게 기어올라야
허리가 아프지 않다는 것
평지가 오히려 비탈일 때 많다는 걸 잘 알고 있었다
비탈과 한 몸이 되어 비탈을 오르내리는 염소처럼
두 손도 발이 되어 고사리순 꺾을 때면
허공의 구름도 허리를 쭈욱 펴고 뒷산을 넘어가고 있었다
어머니 낡은 신, 비탈진 밭에서도 미끄러지지 않고
세상을 반듯하게 펴고 서 있었다

주실(注室)마을에서

황정철

산이
가까운 듯 멀다
일월의 바람이 건듯 불어
마루에서
마당으로
쓸어내도 쌓이는 햇빛
放牛山莊
담장 아래
철쭉나무 근지러워
금세라도 새 눈 움트면
그래,
다 바람 탓이라고 하자*

*꽃이 지기로니 바람을 탓하랴 – 조지훈 詩 「낙화」 중

낙강시회 동시

산골짜기의 물

강영희

산골짜기의 물은
언제나
산골에 머물고 싶어 한다

봄이면
바위틈에 숨어서
사알짝
얼굴 붉히던
진달래의 고운 마음씨가
마음에 들고,

밤이면
솔밭 사이로 달려온
달님과 어울려
숨바꼭질하는 일이
즐겁고,

징검다리 지날 땐
사랑방 불 밝혀 놓고
도란도란
피어나는
이웃 간의 이야기가

재미있고,

산골짜기의 물은
이끼 낀
청바위를 돌면서
산골짜기를 휘둘러보고

또, 한 번 돌아서
산골마을 뒤돌아보고,
언제나
산골에 머물고 싶어
자꾸만
맴을 돈다

하늘 잡기

강윤제

낮은 데로
낮은 데로
낮추면서 먼 길 간다
청산도 품에 안고
구름도 괜찮으니
밤에는
별님 오니
나도 별 아닌가
낮추면서 오다 보니
바다까지 왔구나
수평선에서
하늘을 꼭 잡았다
하늘은 낮추는 이 몫이구나

물안개

공재동

강물인들 왜
속상한 일 없을까

삭이고
삭이다 보면

강물인들 왜
한숨이 없을까

밤새
강물이 내뿜은
저 깊은 한숨

물 위에 자욱한
안개
물안개

단비

권오삼

먹을 물이 없어 헉헉대던
아프리카 초원에
1월 우기의 장대비가 내린다

사자, 코끼리, 표범, 치타, 하이에나, 누
얼룩말, 기린, 코뿔소, 톰슨가젤……
풀, 나무, 땅
벌컥벌컥 물 들이켠다

빗줄기만큼이나 굵고 시원한
물 먹는 소리

가뭄에
목 타던 벼들 채소들 바닥 드러낸 저수지들
물 들이켜는 소리만큼이나
상쾌하다

강변마을

권태영

소가 밭 갈던 시절엔 평화롭더니
경운기가 설치고 다니고부터 시끄러웠다
온 마을이 딸딸딸,
사람들 마음들도 딸딸거렸다

얼 씨구 씨구 들어간다……,
5년마다 들리는 각설이꾼이 떠들면서
개떡에 참기름 발라준다고 꼬셨다
사람들이 우르르르…… 하더니
포클레인이 폭폭폭 찍고 다녔다

수백 년 혈맥을 찍고 다녔다
임마 내가 장남이니께 나부터지,
부모님 모실 때는 워딜 갔었수……?
형제는 멱살을 잡았다
어이 어이 우는 강, 메기는 돌 밑에 숨고
소는 먼 하늘만 바라본다

개떡 몇 개 주고 조상 뼈를 들고 나가란다
마을 사람들 개떡 잡고 주먹질해댔다
포클레인이 찍을 때마다 마을이 쩍쩍 갈라졌다
뼈 보따리 들고 주먹 쥐고……
강변마을, 개떡 먹고 개떡 됐다

강변에 서면

김관식

언제나 강변은
흘러간 옛날의
사진첩이 되어
그리운
물비늘로
반짝거린다

젊은 날
선명한 기억으로
정수리에서 찰랑거리는
강물

내 사랑은
하얀 갈대꽃이 되어
가물거린다

강변에 서면
가슴 뛰던
그날처럼
그리운 사람 그 사람
어디선가
불쑥 나타날 것 같아
가슴이 두근거린다

물안개

김귀자

스물스물 김이 오른다
강물이 새벽밥을 짓나 보다
얼마나 많은 밥을 짓기에
저렇게 김이 많이 나는 걸까?
강가에 둘러 선 나무들
하나둘 모습을 드러낸다
밥 먹을 시간이
되어가나 보다

파도

김규학

품속에 있는
크고 작은 물고기들
죄 먹여 살리려고
바다는

강에서
들어오는 물과
원래 있던 물을
섞어서

골고루
간이 배이도록

잠시도 쉬지 않고
출렁거리는 것이다

서 있는 물

김금래

바다가 되기 싫은
물이 있지

가던 발길 멈추고
고요히

생각에 잠기는
물이 있지

세상 물들이 모두
바다로 갈 때

나무속으로 들어가
팔 벌리고 서 있는 물이 있지

잎으로 꽃으로 피는
물이 있지

물도 유격훈련을 하지

김동억

계곡을 흐르는 물도
유격훈련을 하나 봐

더 넓은 세상으로
나아가기 위해

폭포는
유격훈련장

낭떠러지에 곤두박질치며
뛰어내리는 걸 보면

많이도 무서웠나 보다
얼굴이 하얘졌잖아

섬진강 백리 벚꽃길

김상문

섬진강 따라 남해로 가는 길은
벚꽃뿐이다 백리 길은 넘겠네

강 동쪽에서 건너 쪽 꽃이
더 고운 것 같아서
강 건너 갔더니

또 반대쪽이 더 곱다
어느 길로 가야 할지!

파란 강물도 벚꽃 닮아
철철 넘쳐흐른다

새봄은 섬진강에서
만나야 한다네

물은 흐르면서

김영기

낮은 데로 자리하는
겸손을 일찍 배워
센 물살도 다독이며
조약돌 굴리면서
물굽이 굽이진 사연
엮어가며 흐른다

빈 곳을 채워내고
가득 차면 덜어내어
폭포에 부서지는
너의 상처 나의 아픔
새벽 강
물안개 풀어
씻겨내며 흐른다

흐르다 막히면
멈췄다 비켜가도
끝내 간직하고픈
꽃 향만은 몇 점 실어
강 같은 평화의 노래
합창하며 흐른다

시냇가 돌다리

김완기

시냇가 돌다리
반들반들 돌다리
미끄러질라

물고기 떼
맘 죄며
돌다리 도네요

조심조심 건너라
헛발 디딜라

- 물빛이 고우면
  물속이 깊은 법이야

모래무지 한 마리
빨리빨리 알리느라
마음 급하네요

개부심*

김이삭

쓰싹쓰싹
청소가 시작되었어요

개울가
진흙에 덮인 나뭇가지 씨

오랜 장마로
미처 내려가지 못한 흙 씨

구름 샤워기에
깨끗하게 청소하세요

자, 내려갑니다

*개부심: 장마로 홍수가 진 후 한동안 멎었다가 다시 내려 진흙을 씻어 내리는 비.

낙동강(洛東江)

김재수

하늘 아래 첫 동네
황지 땅 너덜샘에서
낮은 곳으로 낮은 곳으로
조금씩 몸을 낮추면서

이 골물 저 골물
손 내밀어 함께하고
좁은 들 넓은 들에
젖줄 골고루 물리더니

강(江)이라는 이름 얻는 일
그대 이름 새기는 일
황지에서 이어 내린
구비 구비 600리

무엇이라도 다 품어야 할
가슴 또한 넉넉한 땅
상락(上洛)*의 동쪽에 와서
이름 하나 얻는다

*상락: 상주의 옛 지명.

새만금*

김제남

바다를 두 동강 낸
새만금 간척사업

이산가족 아픔만큼
바다가족 아팠겠지

새만금
새로운 땅에
통일도시 이루리

갯벌과 바다가
길이 되고 땅이 되고

조개와 물고기의
무덤이 되어버린

새만금
새로운 땅에
천년도시 이루리

*새만금: 방조제를 건설해 서해안의 갯벌과 바다를 육지로 바꾸는 간척사업.

같은 물인데도

김종상

부엌에 가면 밥을 짓는다
화장실에 가면 변기를 씻는다
같은 물인데도

세탁소에서는 빨래를 한다
병원에서는 피고름을 닦는다
같은 물인데도

곡식을 가꾸기도 하고
논밭을 쓸어 묻기도 한다
같은 물인데도

땀 흘리는 물

김종영

물은 제 갈 길을 만들며
쉼 없이 흐른다

어디로 가니?
네 꿈이 뭐니?
묻고 물어도 대답도 없지만

늘 온몸으로 홍얼거리며
제 마음 반짝반짝 웃음을 싣고
별을 안고 바람처럼 흐르다가

산을 만나면 산 하나 키우고
논밭을 만나면 가슴 가득 열매로 채워주고
오고 가는 친구들 마음에 꿈도 심어주고

낮게 낮게 키를 낮추며
제 꿈 햇살로, 땀으로 닦고 닦으며
온 세상 친구들 함께한 바다에서
큰 꿈 펼치려 간다

강물아, 흘러라!

김진문

봄이 왔다
꽃 피고 새 우는 봄날이 왔다

낙수*야, 잘 있느냐?
사호강아, 잘 있느냐?
곰강아, 잘 있느냐?
아리수야, 잘 있느냐?

버들치, 금강모치, 어름치야, 잘 있느냐?
꺽지야, 쉬리, 은어야, 잘 있느냐?
피라미야, 모래무지도 잘 있느냐?
잉어야, 각시붕어야, 미꾸리도 잘 있느냐?
남생이, 자라야, 너도 잘 있느냐?

물방개야, 물땡땡아, 물매암아, 너도 잘 있느냐?
게아재비야, 장구애비야, 물장군아, 송장헤엄치게야, 너도 잘 있겠지?
날도래야, 강도래야, 꼬마 하루살이야, 모두모두 잘 있느냐?
참개구리야, 맹꽁이야, 두꺼비야, 수달아, 너도 무사하냐?

강 따라 물 따라 갈대밭에 놀던
도요새야, 물떼새야, 가마우지야, 콩새야, 개개비야, 물총새야,

재두루미야, 고니야
모두 모두 잘 있느냐?

낙수의 금빛 모래야! 사호강의 민들레야, 아리수의 황쏘가리야!
곰강의 갯버들아!
모두 잘 있느냐?

봄이 왔다, 강 따라 물 따라 새 울고 꽃피는 봄날이 왔다
보리밭 들판에 아지랑이 피고, 여울에 복사꽃잎 흐르는 봄날이 다시 왔다

여울아, 냇물아, 강물아, 흘러흘러, 휘도는 바람 따라, 구름 따라, 곰같이, 뱀같이, 종달새처럼, 느릿느릿 흘러가거라, 구물구물 흘러라
너 갈대로 가거라
아름다운 이 강산에

*낙수, 사호강, 곰강, 아리수: 낙동강, 영산강, 금강, 한강의 옛 이름이다.

바다의 꿈

남석우

까만 속까지 뒤집어 젖히는
태풍이 온다 한 들
꽃놀이 꼬이는
봄바람이 분다고 한 들
고등어, 멍게, 다시마……
헤아릴 수도 없는 가족을 생각한다면,
태양의 등쌀에 냇물들이
지레 겁을 먹고
맡긴 연어까지 생각한다면,
장마철
흙탕물, 쓰레기더미
비에 젖은 농부의 아픔까지
잊지 않고 소금 쳐 놓아야 하니,
단 하루만이라도
맡길 곳이 있다면
날개를 달아볼 텐데,
떠난다는 꿈은 살아있지만
그 꿈은 그냥 꿈으로 끝나는 걸까
하얀 숨 들이쉬고
까만 속을 달래고 있다

강물은

노원호

강물은 강물이라서
서로 어깨를 맞대고 흘러가는가
누가 먼저 가려고 다툼도 않고
누가 누구를 미워도 않고
저들끼리 다정히 흘러만 간다
물이 흐려 앞길이 보이지 않으면
서로서로 차례로 손잡고 가고
갈 길이 멀어도 누구 하나 앞서지 않는다
그러면서도 햇빛 밝은 날은
제 속을 들여다보며
부끄럼 없이 살아간다

넉넉한 강물

문삼석

세상으로 떨어지거나 솟아난 물들은
낮은 곳에 모여 서로를 껴안습니다
껴안은 물들은 작은 도랑물이 되고,
다시 더 껴안아 맑은 개울물이 됩니다
빈 곳이 있으면 보는 족족 달려가
한가득 몸으로 메워주고,
나뭇잎이나 하찮은 지푸라기들도
하늘처럼 머리 위에 떠받들고 갑니다
때론 천 길 낭떠러지를 만나
온몸이 갈래갈래 부서지더라도
아픈 손과 발 다시 내밀어
더욱 단단히 껴안고 흐르는 물,
그 꼭 껴안은 물들이 모이고 모여
바다를 향해 나아가는 강물이 됩니다
푸른 하늘 가슴에 가득 안고 흐르는
넉넉한 강물이 됩니다

외나무다리

박근칠

앞서지도 뒤서지도
못하는 몸을 따라
한 발자국 두 발자국
마음만 앞서가고

혼자서 외나무다리
조심조심 건너간다

엄마 따라 살금살금
건너가는 내 동생
물에 비친 그림자도
외롭게 혼자 가고

낮달도 자맥질하며
시냇물을 건너간다

메마른 강

박정우

폭삭폭삭 먼지만 일어나는 강줄기
깡마른 우리 할머니 팔목 같다

거북등 강바닥 위로 고추잠자리 떼 지어 날고
바람에 춤추는 비닐봉지, 스티로폼 조각
듬성듬성 풀들은 이미 풀이 죽었다

"하늘도 무심하지!"
한숨 섞인 할아버지 하늘만 보신다
"좍좍 한 줄기 하면 좋을 텐데……"
하늘은 못들은 척 구름 한 점 없다

물 달라고 아우성치던
성난 물고기들은 배가 고픈지
살기 힘들다고 강바닥에 드러눕네

하늘아! 하늘아!
천둥소리 요란하고
굵은 빗방울 좍좍 내려다오

강둑

선용

꽃잎이 파르르
떨고 있다

어젯밤 긴 꼬리를 그리며
하늘 끝으로 간 그 별

눈물처럼 슬픈
눈물처럼 아픈 꽃

쑥부쟁이
쑥부쟁이

아이들이 달리는
낙동강 둑길을 따라
노을이 지는데

기적을 물고
기차가 간다

쑥부쟁이 연보라 꽃이
바람 길에
한 송이 두 송이 피고 있다

낙동나루

안영선

조선시대 KTX는
낙동강 물길이었지
부산의 구포에서
낙동나루까지

남강과 만나는 의령
금호강이 합류하는 사문진
그리고 중간 역들은
김해, 삼랑진, 영산, 율지 등

낙동나루에서는
문경새재를 넘고
충주 가흥창고로 가서
남한강 선으로 바꿔 타기도 하고
한양까지도 갈 수 있었지

영남 내륙의 농산물이
부산의 해산물과 소금이
일본에서 들어온 생필품이
부산으로 서울로
KTX로 오르내렸지

영도다리

오선자

6·25에 대해
답해 볼 학생

"저요!"
번쩍
다리를 들었습니다

참관하는 사람들이
기특해서
손뼉을 칩니다

남행대교도
짝짝짝
손뼉을 칩니다

충북 사투리 대회

오하영

열두 개 시, 군 대표
저마다 사투리 꺼내들고
종달새처럼 지절댄다
구수한 냄새 강당 안 폴폴폴

내가 첨으로 듣는 사투리
어쩜 저리도 조잘조잘
웃음과 박수 연실연실
두 귀 쫑긋쫑긋 눈동자 반짝반짝

올해도 대상은 강 건너
차마 앉아 듣지 못하고
복도로 나가 어스렁 어스렁
발표시간은 시들은 벼이삭

수상자 이름 계속 이어진다
내 이름 못 들었나 고개 갸웃
혹시나 그래도 몰라 몰라 눈 감는다
대상 축하 내 이름, 갑자기 어리둥절

가짜 꽃과 진짜 꽃

오한나

진짜 꽃 같은 가짜 꽃
가짜 꽃 같은 진짜 꽃

가려내는 법은?

물컵에 꽂혀 있으면
진짜 꽃

빈 컵에 꽂혀 있으면
가짜 꽃

꽃과 물이 맘 통해야
진짜가 되지
향기가 되지

겨울 감나무

우남희

바람 피해 쉴 수 있는
잎 하나 없고

입맛 다시게 할
까치밥 하나 없다

갈 때마다
맨 입에 나오지만

새들
제 집처럼 들락거린다

감나무
외롭지 않게
말벗 되어준다고

물

유병길

댐 저수지에 갇히고
정수기를 빠져나오는 물

마음대로 놀 수 없는
우리들과 같다

강가에 물들어가는 사랑

이경덕

산허리 솜구름
휘감아 도는
산마을 아리랑
아우라지 뗏목 이야기

사랑은 눈물이 되어
굽이굽이
흘러가는데

한양으로
뗏목타고 떠난 임
행여나 올까?
정선군 남면
별어곡역에 서면

멀리서 동강 서강
합하는 소리만
솔솔솔
들려옵니다

강

이선영

하늘을 품고 가기에
푸른 빛깔로
흐르면 되리라

온몸으로 껴안고
쉴 새 없이 손잡으면서도
조용히 젖어드는 속울음

속절없이 한데 묶인 채
돌아올 수 없는 길을
더불어 밀리듯 따라가지만

바라볼 그대 있어
살아있는 빛으로
흔들리며 흘러가도

낮은 몸짓 던져 채워
자랑할 줄 모르는
바다를 꿈꾸며 달려가리라

웃는 폭포

이재순

흰 거품 빼물고
큰 소리로 웃는다

아래로 내리치는
힘찬 물줄기

속마음 들어내며
부서지는 폭소

파!
파!
파!
파!
파!

철렁, 철렁,
산을 흔든다

고향 그 옛 강

정용원

반짝 반짝
금모래로 누운 옥구슬 강물엔
은어 떼 온몸에 하얀 해를 달고
별똥처럼 튕겼지

발가숭이들 퐁당거리며
물속의 구름 배를 타고 놀았지

그래서 해님은 벙글벙글 웃어 주었고
골짝마다 나무들은 초록 물 짜 내리고

바람은 산새들의 노래를
똘또르르 합창으로
강물에 녹여 내려 주었지

고향 마을 앞, 소리 내며 흐르는
가슴 속 그 옛 강

물의 손

정은미

나는
무지개처럼 아름다운 빛깔도
꽃처럼 좋은 향기도
별처럼 예쁜 모양도 없어

하지만
오렌지 가루와 만나면
주황색이 되고
포도 가루와 만나면
보라색이 될 수 있지

차 잎과 만나면
은은한 향을 낼 수 있고
나를 얼리면
별 모양 꽃 모양 새 모양도 될 수가 있단다

얘야, 내 손 좀 잡아주지 않을래?
너와 함께라면
난 무엇이든 될 수 있거든

폭포

정춘자

떠밀지 마!
겁먹은 소리로
애원을 해도

사정없이
떠밀어 대는
장난꾸러기들

으아아!
아이쿠!

엎어지고 자빠져도
아파할 사이도 없이

산이 떠나갈 듯한 웃음
하얗게 부서지는 웃음

낙동강 물줄기

정혜진

황지연못 작은 저수지에서
가냘픈 아기 물줄기로 태어나
멀고 먼 모험길 나섰다

굽이굽이 헤쳐 나가는 길에
반갑게 손잡아준 친구들 있어
두려움도 멈춤도 없이 내달아 이루어낸
506.17km의 큰 강줄기

은빛 금빛 해님 응원에 힘 얻어
깎아지른 절벽 세우고
나직나직 속삭여준
달님 별님 격려에 용기 얻어
삼각지 섬 모양
그림 같은 풍경 만들었다

계절 따라 찾아온 철새들에게
평온한 쉼터 내어주고
또 다른 생명의 보금자리 일구며
오늘도 유유히 흐르고 있다

강물이 흐르며

최춘해

먼저 가려고 다투지도 않고
뒤에 처져 온다고 꾸짖지도 않는다
앞서간다고 뽐낼 줄고 모르고
뒤에 간다고 애탈 것도 없다

먼 길을 가자면
서둘러도 안 되고
조바심해도 안 된다는 걸 안다
제 차례를 지키며 쉬지 않고 간다

가는 길에 낯선 물이 끼어들면
싫다 않고 받아준다
금방 만나도 한마음이 된다
마음이 넓어서 자리다툼도 없다

패랭이꽃도 만나고
아름다운 새들의 노래가 꾀어도
한눈팔지 않고 갈 길을 간다
큰일을 위해 참고 견딜 줄 안다

강이 흐르는 것은

하청호

강이 흐르는 것은
이쪽과
저쪽을
갈라놓고 싶었을 거야

떨어져 있다는 것이
얼마나
사무치는 그리움인지
알려주고 싶었을 거야

강가에 서 보면
그리움처럼
피어오르는 물안개
강 건너 풍경이
얼마나 설레는지 알 거야

정말 강이 흐르는 것은
서로 마주보며
사랑하라고
갈라놓았을 거야

낙강시회 특강

천상병의 「귀천」 이야기

강희근

1.

천상병의 연보는 아래와 같다.

1930년 1월 29일 일본에서 태어남. 2남 2녀 중 차남.
1945년 중학 2학년 때 해방. 귀국 마산 정착.
1949년 마산중학 5년 재학 중 담임교사이던 김춘수 시인 주선으로 시 「강물」이 《문예》에 첫 추천됨.
1950년 미국통역관으로 6개월 근무.
1951년 전시 부산에서 서울상대 입학. 송영택, 김재섭 등과 같이 동인지 《처녀》 발간. 문예지 평론 「나는 거부하고 저항할 것이다」 전재.
1952년 시 「갈매기」가 《문예》 추천 완료.
1954년 서울상대 수료(중퇴).
1956년 《현대문학》에 월평 집필, 이후 외국서적을 다수 번역.
1964년 김현옥 부산시장의 공보비서(2년간).

1967년 동백림사건에 연루 체포됨. 6개월간 옥고.

1971년 영양실조로 거리에서 쓰러짐. 행려병자로 서울시립정신병원에 입원됨. 생전에 유고시집 『새』 발간.

1972년 친구 목순복의 누이동생 목순옥(상주 출생)과 결혼.

1980년 경기도 의정부시 장암동으로 이주 정착.

1984년 시집 『천상병은 천상 시인이다』 발간.

1985년 천상병문학선집 『구름에 손짓하며는』 발간.

1987년 시집 『저승 가는데도 여비가 든다면』 발간.

1988년 간경화증으로 춘천의료원에 입원함. 기적적으로 회생.

1990년 시집 『괜찮다 괜찮다 다 괜찮다』 발간.

1993년 동화집 『나는 할아버지다 요놈들아』 발간.

1993년 4월 28일 별세.

2.

천상병 시인은 일본에서 태어나 마산 진동면이 고향이라 해방 이후 마산으로 와 정착했다. 마산에서는 몇 년간 중학을 다니고 곧바로 대학을 갔으므로 부산으로 갔다가 수복 후 서울로 간 것으로 되어 있다. 그리고 그는 중학 5학년 때 시인으로 데뷔했으므로 올배기 시인이었다. 그의 이력 중에 서울상대 중퇴건이 있는데 그 일화는 유명하다.

대학 4학년때 서울상대 지도교수가 천상병에게 한국은행 추천서가 와서 천상병을 추천하려 하는데, 한국은행원이 될 좋은 기회이니 아무쪼록 받으라고 했다. 그랬을 때 천상병은 화를 버럭 내면서 나는 시인인데 또 무슨 직업이 필요합니까? 했으나 지도교수는 직업을 가지고 시인을 해야 하는 것이 순리라고 우겼다. 결국 천상병은 지도교수의 말을 듣지 않고 학교에 자퇴서를 내고 자퇴해 버렸다. 그의 문인으로서의 길은 그 무슨 길과도 병행하는 것이 아니라는 자세를 견지했다. 아마도 천상병은 우리나라 시인들 중에서 처음으로 의도적으로 취직을 하지 않은 사람으로 기록이 된다 하겠다.

그런데 1964년 김현옥 부산시장의 공보비서로 2년간 근무한 것으로 기록되어 있다. 어찌된 일인지 알 수 없다. 2년간 다 근무한 것인지, 이름만 걸어놓고 나오지 않았던 것인지는 알 수가 없다. 이쪽의 비화들이 남아 있을 것인데도 아는 사람의 기술이나 전언이 전무하다. 김현옥 시장은 진주 출신으로 수필을 써내는 수필가이기도 했다. 김현옥과 소설가 이병주 사이에 얽힌 비화가 재미있는데 천상병과는 어떤 비화를 남기긴 남겼을 것으로 생각되지만 아쉽게도 잡히는 바가 없다.

1971년에 그는 행방불명이 되어 친구들이 십시일반 돈을 거두어 유고시집을 내어 주었다. 이때 그는 죽은 것이 아니라 술만 먹고 다니다가 영양실조에 기력 상실로 길바닥에 쓰러져 있어 행려병자로 신고가 되어 시립병원에 입원되어 있었다. 이때 친구 동생의 간호로 살아나게 되고 결국은 그녀와 결혼했다. 그녀는 상주 출신 목순옥이다. 목순옥은 산청에서 열린 천상병문학제에 해마다 참여해 격려사를 했는데 그와 관련된 이야기들도 만만찮다.

여기서 황명걸 시인의 글 「천상병과 나는 베를렌과 랭보처럼」(『천상병을 말하다』, 2006, 답게)을 소개할까 한다.

문단사에서는 명동시대라는 한 에폭이 그어지는데 그때는 1950년대로 그 무대가 명동을 중심으로 을지로 입구와 소공동 초입 그리고 충무로1가 일대로서 이루어졌다. 명동에는 다방 갈채와 음악다방 엠프레스가, 소공동 초입에는 문예회관이, 을지로 입구엔 동방살롱이 있어 거기에 각기 현대문학, 문학예술 출신의 시인 소설가들이 그룹으로 모여들었기 때문이다.

이 시기에 소위 '3기인' 이 등장해 숱한 이야깃거리를 제공하는데 그 으뜸으로 천상병이요, 다음이 김관식이요, 다다음으로 이현우가 뒤따른다. 어떤 이는 박봉우, 심재언까지 포함시켜 '5대기인' 을 치기도 한다.

아무튼 이들 기인들은 문자 그대로 남다름이 공통적으로 분명하지만 개성만은 제각각 다르다. 천상병이 익살꾼이라면 김관식은 도사형이요, 이현우는 거지신사인데 박봉우가 우국지사 형에 심재언은 샌님거지다. 우리에게 심심찮은 에피소드를 남겨 즐겁게 하며 사랑받고 있는 천상병, 그는 도대체 어떤 위인이관대 인구에 회자하는가.

(이하는 소제목만 달기로 하고 생략한다.)

– 약관에 금메달 두 개를 딴 2관왕

– 그의 손 내밀기는 무욕의 굴절적 표출

– 아씨시의 성 프란치스코를 흠모하며

– 쌍과부집 어린 아들녀석을 울리다

3.

천상병 시인의 대표작은 말할 것도 없이 「귀천」이다. 천시인은 천주교 신자이고 그의 아내 목순옥은 개신교 신자이다. 만년에 천시인은 아내 따라 교회에 주로 다녔으나 개신교로 개종하지는 않았다.

귀천(歸天)

나
하늘로
돌아가리라
새벽빛 와 닿으면 스러지는
이슬 더불어 손에 손을 잡고

나 하늘로 돌아가리라
노을빛 함께 단 둘이서
기슭에서 놀다가 구름 손짓하면은

나 하늘로 돌아가리라
아름다운 이 세상 소풍 끝내는 날
가서 아름다웠더라고 말하리라

이 시를 읽으면 바로 시인이 크리스천임을 알 수가 있다. 이 세상

삶의 끝에는 하늘로 돌아간다는 확고한 믿음을 가지고 있기 때문이다. 크리스천이 하늘로 가게 된다는 것은 상식이지만 이를 믿음으로 표현하는 일은 쉽지 않은 일이다. 돌아가는 일도 어쩔 수 없이 간다는 것이 아니라 흔쾌히 기쁘게 간다는 것이다. 그것만이면 그는 신자로서 성공한 삶을 산다고 말할 수 있을 것이다. 그리고 천시인은 이 세상 사는 일은 순례의 여정임을 내비치고 있다. 신의 뜻에 따라 정해진 과정 곧 순례의 길을 가는 것이 삶의 여정이라는 믿음, 그것은 보편적인 의식에 녹아있는 것이지만 입으로 말을 하면 가정 근사한 고급한 인생론이 되는 것이다.

이 세상에 사는 동안 인간들은 수많은 고통과 번민의 물굽이를 지나가며 한숨 속에서 산다고 해도 과언이 아닐 것이다. 그렇지만 천시인은 그런 고통과 번민이 어찌 없었겠는가. 그럼에도 이 세상살이가 소풍처럼 아름답다고 하는 것이다. 그의 눈에 세상이 소풍이면 그는 소풍의 삶을 산 것이고 그의 눈에 슬픔이면 슬픔의 삶을 산 것이 될 터이다.

천상병은 살면서 시 이외의 목적으로 돈을 번다는 것이나 이해관계에서 산다거나 하는 것을 싹둑 잘라버리고 살았다. 오히려 그것이 주변을 불편하게도 했을 것이다. 그러나 그는 시에다 삶을 걸어놓고 어린이처럼 웃고 즐기며 온갖 이야깃거리를 만들었다. 그 이유가 무엇이었을까? 사람들은 그런 쪽에서 좀 황당하다는 느낌을 받을 수 있었을 것이다.

천상병은 말한다. 시로써 그 이유를. 그는 이 세상 소풍을 왔고, 이슬과 기슭과 노을과 풀잎 더불어 자연 속에서 자연이 되어 신의 섭리

속으로 들어간 것이라고.

4.

필자는 천상병문학제 초창기 「귀천」 시비가 지리산 중산리에 세워지고 행사를 하고 하는 사이 「귀천시비」라는 시를 쓰게 되었다. 아래 그 내용이다.

귀천시비

'귀천시비' 서고 난 뒤
천왕봉이 시를 읽기 시작했다
동켠으로 앉으면
머얼리 남강가 기생이 나왔다가
들어간 흔적 살피며 지루 덜어내고

눈을 더 아래로 다잡을 땐
붓대롱에 목화씨 세 낱 넣어갖고 와
세상에 퍼뜨린 일
그 일의 순서를 몇 번씩 풀어보는데

아니다 아니다

하늘이 울어도 울지 않는

천석들이 종이지

수염 꼿꼿 붙이고 사는

선비

팔자걸음으로 가는 정신이지

거기 늘 눈 내리고 비 내리다가 사태져

쓸리는 양지짝

어슬렁거리던 시인 천상병의

'귀천시비' 섰다

서고 난 뒤

이슬과 노을

구름과 하늘이 제 이름으로 걸어 다니고

천왕봉이 제 이름 걸고

시를 읽기 시작했다

이 시는 천상병의 「귀천」에 대한 화답 시이기도 하고, '귀천시비'의 의미를 말하는 시이기도 하다. 천 시인이 노래한 「귀천」은 건강한 자연이 자연의 본래 모습으로 있다는 것이므로, 그 시로 인해 지리산이 역사의 공간으로 숱한 애환을 지니고 있는 그 환경을 문화적 공간으로 본래적 공간으로 바뀌게 될 수 있음을 말하고 있는 셈이다.

지리산은 말하자면 신이 창조한 섭리대로 천연적 의미와 평화와 문화적 공간으로 거듭날 수 있다는 것을 집약한 구절이 '천왕봉이 시를 읽기 시작했다' 이다. 투쟁도 벗어던지고 이념도 벗어던지고 역사의 상흔도 집어던지고 오로지 자연, 신이 이룩한 풍광의 세계로 귀환하는 노정이 필요한 것임을 강조했다. 지리산은 이제 천상병과 더불어 여기까지 왔다.

강희근

경남 산청 출생
서울신문 신춘문예 시 부문 당선(1965년)
국립 경상대학교 인문대학장 역임
국제펜한국본부 부이사장 역임
현) 한국문인협회 부이사장
시집 『프란치스코의 아침』 등 17권

낙강시회 연보

낙강시회를 연 시기와 시회 제목을 정리하면 아래와 같다.

1. 병진년(1196)	백운낙강범주유 白雲洛江泛舟遊
2. 계미년(1343)	근재낙강환영연 謹齋洛江歡迎宴
3. 신묘년(1471)	점필재낙강관수루회 佔畢齋洛江觀水樓會
4. 신해년(1491)	뇌계낙강범주시회 灂溪洛江泛舟詩會
5. 병진년(1496)	탁영수헌낙강관수루회 濯纓睡軒洛江觀水樓會
6. 을미년(1534)	퇴계낙강관수루회 退溪洛江觀水樓會
7. 신미년(1571)	정정공낙강관수루회 貞靖公洛江觀水樓會
8. 정미년(1607)	상목낙강범주시회 尙牧洛江泛舟詩會
9. 신유년(1621)	현주낙강범주유 玄洲洛江泛舟遊
10. 임술년(1622)	창석낙강범월시회 蒼石洛江泛月詩會
11. 임술년(1622)	창석속낙강범월시회 蒼石續洛江泛月詩會
12. 정유년(1657)	호옹낙강범주시회 湖翁洛江泛舟詩會
13. 임술년(1682)	사우당낙강범주시회 四友堂洛江泛舟詩會
14. 무자년(1768)	정와낙강선유시회 靜窩洛江船遊詩會

15. 경인년(1770)	지옹낙강범월속유
	芝翁洛江泛月續遊
16. 무술년(1778)	강세로낙강범월유
	姜世魯洛江泛月遊
17. 계미년(1623) 전후	이재낙강매호복거
	頤齋洛江梅湖卜居
18. 연대미상(17세기 초반)	동고낙강삼탄범월유
	東皐洛江三灘泛月遊
19. 병자년(1636)	우담낙강자천대복거
	雩潭洛江自天臺卜居
20. 신묘년(1651)	호옹낙강매호범월시회
	湖翁洛江梅湖泛月詩會
21. 연대미상(1600년대 초반)	창주낙강매호방선
	滄洲洛江梅湖放船
22. 계묘년(1663)	목재낙강도남서원회
	木齋洛江道南書院會(原名:洪判官韻)
23. 병자년(1696)	상목낙강자대유
	尙牧洛江自臺遊
24. 무인년(1698)	야촌낙강도원회
	野村洛江道院會
25. 연대미상 봄	이길보낙강도원회
	李吉甫洛江道院會
26. 연대미상 8월	부훤당낙강범주유
	負暄堂洛江泛舟遊
27. 을묘년(1699)	전천서낙강도원회
	全天敍洛江道院會
28. 정해년(1707)	부훤당낙강자대유범주
	負暄堂洛江自臺遊泛舟
29. 연대미상 봄(1708-1716)	성주서낙강범주
	成周瑞洛江泛舟
30. 연대미상 정월(1708-1716)	서강낙강도원회

	西岡洛江道院會
31. 정유년(1717)	우헌낙강도원수창
	愚軒洛江道院酬唱
32. 연대미상 가을(1718-1725)	노은낙강도원차홍목재운
	老隱洛江道院次洪木齋韻
33. 연대미상 봄(1719-1725)	권박낙강범주
	權焞洛江泛舟
34. 병자년(1726)	성중진낙강송대유
	成仲晋洛江松臺遊
35. 무오년(1738)	쌍백당낙강도원회
	雙白堂洛江道院會
36. 무오년(1738)	쌍백당낙강도원차홍목재운
	雙白堂洛江道院次洪木齋韻
37. 계해년(1773)	강세진낙강도원차홍목재운
	姜世晋洛江道院次洪木齋韻
38. 기유년(1789)	강백흠낙강도원차홍목재운
	姜伯欽洛江道院次洪木齋韻
39. 무오년(1798)	남애낙강도원차홍목재운
	南厓洛江道院次洪木齋韻
40. 연대미상(1664-1667 경)	무첨재낙강범월시회
	無忝齋洛江泛月詩會
41. 연대미상(1664-1675 경)	백원유낙강
	百源遊洛江
42. 무인년(1698)	박천낙강범월시회
	博泉洛江泛月詩會
43. 갑신년(1724)	식산낙강도원문회
	息山洛江道院文會
44. 병인년(1746)	상목낙강무우정시회
	尙牧洛江舞雩亭詩會
45. 무진년(1748)	청대낙강도원문회
	淸臺洛江道院文會

46. 임술년(1802)	입재낙강범월유 立齋洛江泛月遊
47. 신미년(1811)	임하낙강범주시회 林下洛江泛舟詩會
48. 병자년(1816)	입재낙강도원문회 立齋洛江道院文會
49. 연대미상(1817-1820)	곡구낙강자천대범월 谷口洛江自天臺泛月
50. 무자년(1828)	강고낙강범주시회 江皐洛江泛舟詩會
51. 임술년(1862)	계당낙강범주시회 溪堂洛江泛舟詩會
52. 임오년(2002. 8. 2-3)	낙강시제(도남서원) 주최: 경북문협_박찬선(지회장) 주관: 상주문협_김재수(지회장) 문학강연: 尙州洛江詩會의 特性 _권태을(상주대 교수) 尙州洛江詩歌 감상_박찬선
53. 계미년(2003. 11. 1)	낙강시제(성주봉 자연휴양림) 주최: 경북문협_박찬선(지회장) 주관: 상주문협_김재수(지회장) 문학심포지엄: 문학과 생활-황금찬(시인), R.타고르의 自然觀_김양식(인도문화연구회장), 洛東江과 尙州文化_박찬선
54. 갑신년(2004. 11. 20)	낙강시제(도남서원) 주최: 상주문협_이칠우(지회장) 문학강연: 洛江詩會와 道南書院_권태을(상주대 교수) 낙강시제 백일장: 시-강신숙, 산문-우명식 수상
55. 을유년(2005. 9. 24)	낙강시제(도남서원)

지회장_이칠우
문학강연: 임술년 낙강범월시회의 의의_김정찬(상주고 교사)
낙강시제 백일장: 시-이영민, 산문-김미화 수상

56. 병술년(2006. 8. 25-26) 낙강시제(도남서원)
지회장_정복태
초대글: 낙동강과 상주문화_박찬선(국제펜 경북지회장)
문학강연: '늪의 글쓰기' 에 대한 시인들과의 대화_최재목(시인·영남대 교수)
제56회 낙강시제 시선집『2006 낙동강』출간

57. 정해년(2007. 9. 1-2) 낙강시제(도남서원)
지회장_정복태
문학강연: 나는 왜 문학을 하는가_안도현(시인·우석대 교수).
제57회 낙강시제 시선집『2007 낙동강』출간

58. 무자년(2008. 10. 11-12) 낙강시제(도남서원)
주최: 상주문협_정복태(지회장)
문학강연: 길 위에서의 시쓰기(문인수-시인)
제58회 낙강시제 시선집『2008 낙동강』출간, 시와 그림전

59. 기축년(2009. 9. 12-13) 낙강시제 (도남서원)
주최: 상주문협_조재학(지회장)
문학강연: 불교적 상상력의 시적 실천(문태준-시인)
제59회 낙강시제 시선집『2009 낙동강』출간, 시와 그림전

60. 정해년(2010. 9.11-12) 낙강시제(도남서원)
주최: 상주문협_조재학(지회장)

	문학강연: 예술의 상상력을 뛰어넘는 첨단의 도구들이 막강한 힘을 발휘하는 시대에 문학이란 혹은 문학의 힘이란 무엇일까_문정희(시인·전 고려대 교수)
	제60회 낙강시제 시선집 『2010 낙동강』 출간, 시와 그림전
61. 신묘년(2011.10.15-16)	낙강시제(도남서원)
	주최: 상주문협_조재학(지회장)
	문학강연: 현상, 본질, 관념 그리고 詩 (이경림 시인-중앙대학교 예술대학원 문예창작전문가과정 출강)
	정종명 한국문입협회 이사장
	성춘복 (전)한국문입협회 이사장
	제61회 낙강시제 시선집 『2011 낙동강』 출간, 시와 그림전
62. 진사년(2012. 10. 13-14)	낙강시제
	주제: 강 위에 달을 띄우다(洛江泛月)
	기간 및 장소: 1박 2일, 도남서원·경천섬·북천시민공원
	주최: 상주문협_박정우(지부장)
	문학강연 I : 나의 삶 나의 시(권숙월, 김주완, 박찬선, 조정인, 이문걸)
	문학강연 II: 명심보감에서 배웁시다(김병조)
	시 낭송, 시 퍼포먼스, 전국 단위 초·중·고 청소년문학상 공모전 개최 및 시상, 제62회 낙강시제 시선집 『2012 낙동강』 출간, 시와 그림전
63. 계사년(2013. 8. 24)	낙강시제
	주제: 「강江 물水」
	장소: 도남서원, 경천섬 일원
	주최: 상주문협_박정우(지부장)

문학강연: 현대시조와 모더니즘(권갑하)
니체 시의 철학적이해(정영도)
내가 만난 시인의 언어들(조재학)
시낭송 퍼포먼스, 문학 강연, 시화전, 제63회 낙강시제 시선집 『2013 낙동강』 출간

64. 갑오년(2014. 11. 1)
낙강시제
주제: 「강江 물水」 그리고 기타
장소: 북천임란적적지 일원
주최: 상주문협_박정우(지부장)
문학강연: 시와 여행(문효치)
이규보의 동명왕편과 한국문학의 뿌리(장윤익)
상주이야기 원화 전시, 시낭송 퍼포먼스, 문학강연, 시화전, 제3회 낙강시제 청소년문학상 개최, 제64회 낙강시제 시선집 『2014 낙동강』 출간

65. 을미년(2015. 11. 18)
낙강시제
주제: 『풍류(風流)와 멋의 문학(文學)』
장소: 상주시실내체육관(신관)
주최: 상주문협_박정우(지부장)
문학강연: 천상병의 「귀천」 이야기(강희근)
행사 내용: 시 낭송, 시 퍼포먼스, 전국 단위 초·중·고 백일장, 제65회 낙강시제 시선집 『2015 낙동강』 발간, 문학 강연, 시화전 등

※참고자료
권태을,「洛江詩會 硏究」,『尙州文化硏究』제2집, 尙州文化硏九所, 1992.
권태을, 『낙강범월시』, 아세아문화사, 2007.
상주문인협회,『尙州文學』제14-23집, 상주문인협회, 2002-2011.
상주문인협회,『낙강시제 자료집』, 상주문인협회, 2004-2012.

2015 낙동강
시인 약력

강영희 아동문학평론지 추천 및 월간문학 신인상 당선, 한국아동문학회, 한국문인협회 회원, 새벗문학상, 한국아동문학 작가상, 박경종아동문학상, 김영일아동문학상 수상, 동시집 『해님이 숨겨둔 보석』, 『보리 팰 무렵』, 『키다리 미루나무』 등 출간

고경연 경북 상주 출생, 상주들문학회 회원

고안나 시인, 낭송가, 부산시인협회 회원, 미당문학회 이사, 한민족사랑문학인협회 작가회 상임시인, 한중공동시전문지 두견화(杜見花) 편집위원, 국제에이즈연맹 한국홍보대사

공재동 새교실(1973), 교육자료(1974), 아동문학평론(1977) 동시 천료, 중앙일보 신춘문예 시조 당선(1979), 세종아동문학상, 최계락문학상, 이주홍아동문학상, 방정환아동문학상, 부산문학상, 부산시문화상 수상, 동시집 『꽃씨를 심어놓고』 외 8권, 시조집 『휘파람』 외 1권

곽도경 계간 시선, 한맥문학 신인상, 시집 『풍금이 있는 풍경』, 시하늘 운영자, 현대불교문인협회 재무국장, 은시문학회 사무국장, 고령문입협회 부회장

권 순 2014년 계간 리토피아로 등단, 막비시동인

권숙월 김천시에서 태어나 1979년 시문학을 통해 문단에 나왔으며 한국문인협회 김천지부장, 한국문인협회 경상북도지회장 등을 역임. 현재 김천신문 편집국장으로 재직하며 김천문화원과 백수문학관에서 시를 가르치고 있음. 시집 『하늘 입』, 『가둔 말』, 『새로 읽은 달』 등 12권을 상재했으며, 시문학상, 경상북도문화상, 경북예술상, 김천시문화상 등을 수상함

권영세 창주문학상 당선, 아동문학평론 동시 천료, 월간문학 동시 당선, 동시집 『탱자나무와 굴뚝새』, 『권영세 동시선집』 외, 대한민국문학상, 대구문학상, 대구시문화상(문학 부문) 등, 한국문인협회 · 한국아동문학인협회 · 한국동시문학회 · 대구문학회 회원, 대구아동문학회 · 대구기독문인회 회장

권오삼 1975년 월간문학신인상과 1976년 소년중앙문학상으로 문단에 나옴, 동시집 『고양이가 내 뱃속에서』, 『도토리나무가 부르는 슬픈 노래』, 『똥

찾아가세요』, 『진짜랑깨』, 『라면 맛있게 먹는 법』 등 출간, 방정환문학상 수상, 권정생창작기금 수혜, 한국작가회의, 한국문인협회, 한국동시문학회 회원

권태영 자유문학 성인시 등단, 자유문학인회, 한국시낭송회 회원, 오늘의 동시문학 동시 등단, 한국동시문학회 회원

권현옥 경북 문경 출생, 느티나무시 동인

김경숙 충남 부여 출생, 계간 만다라문학 신인상 등단, 한국문인협회 회원, 안동문인협회 회원, 안동주부문학회장, 샘문학회장 역임, 경북여성예술인포럼 총무

김관식 월간 아동문예 동시 천료(1979년), 계간 자유문학 신인상 시 당선(1998년), 동시집 『토끼 발자국』, 『꿀벌』, 『꽃처럼 산다면』, 『아침이슬83』 등 11권, 시집 『가루의 힘』, 평론집 『현대동시인의 시세계』, 『한국아동문학의 비평적 탐색』 발간, 한국현대시인협회, 한국아동문학인협회, 한국동시문학회 회원

김귀자 강원도 원주 출생, 2000년 믿음의 문학에 동시 신인 문학상, 시집 『백지 위의 변주』로 문단활동 시작, 동화집 『종이 피아노』, 시집 『백지 위의 변주』, 동시집 『반달귀로 듣고』 외 출간, 한민족 문학상, 아름다운 글 문학상, 천강문학상 등 수상, 한국문인협회, 펜문학, 한국동시문학회, 한국아동문학연구회, 가톨릭 문인회, 안양문학회 회원, 현 미래동시모임 동인회 회장

김규학 1959년 경북 안동 출생, 2010년 천강문학상 수상, 2011년 불교문학상 수상, 2012년 문화예술위원회 창작 지원금을 받아(2009년) 동시집 『털실뭉치』 펴냄

김금래 2014년 부산일보 신춘문예 동시 「사과의 문」으로 등단, 2009년 17회 눈높이아동문학대전에서 동시 수상, 동시집 『큰 바위 아저씨』, 2015년 「몽돌」 교과서에 실림, 한국아동문학인협회, 한국동시문학회 회원

김다솜 2015년 계간 리토피아 등단, 현 한국문인협회상주지회 사무국장, 경북

문인협회, 경북여성문인협회 회원

김도희 2000년 한맥문학 등단, 서울동작문인협회 회원, 한국문인협회 회원

김동억 1985년 아동문예 신인문학상 당선 등단, 아동문학소백동인회장, 봉화문학회장, 한국문인협회영주지부장, 경북글짓기연구회장 역임, 대한아동문학상, 영남아동문학상, 경상북도문학상, 아동문학의 날 본상 수상, 동시집 『해마다 이맘때면』, 『하늘을 쓰는 빗자루』, 『정말 미안해』 등

김동현 문학박사, 현 부산외국어대학교 외래교수, 한국문인협회 중앙위원, 동북아문학회 회장, 전국문학인꽃축제 운영이사, 문학아카데미 김 박사의 창작교실 원장, 부산대·양산대 외래교수, 한국문인협회양산지부장, 경남문인협회 이사, 양산예총수석부지회장 역임, 시집 『이쏘시개꽃』, 『사계의 미토스』, 저서 『한국 현대시극의 세계』, 한국꽃문학대상, 경남문협우수작품집상, 양산예술인상, 양산예총 공로상

김명성 경북 상주 출생, 상주들문학회 회원

김미연 경북 상주 출생, 상주들문학회 회원

김미옥 경북 의성 출생, 2014년 문학청춘 등단

김상문 1968년 한글문학 신인상, 동시집 『시를 찾은 교실』 외 16권, 한국문인협회, 경북아동문학 회원

김설희 경북 상주 출생, 2014년 리토피아 등단

김세호 경명여고 교사 명예퇴직, 대구문학 등단, 대구문인협회 회원, 미래작가회의 동인, 현 21세기생활문학인협회 회장

김소영 경북 상주 출생, 상주들문학회 회원

김수화 경북 선산 출생, 2003년 자유문학 신인상 등단, 한국문인협회·김천문인협회 회원, 경상북도여성예술인포럼 문학분과위원, 경상북도여성문학회 회장, 경상북도문인협회 감사, 생각하는 글쓰기교실 운영, 김천시

문화의 집 논술토론 강사, 김천서부초등학교 독서논술 강사, 김천시 영재글쓰기반 강사, 제3회 경상북도여성문학상 수상, 시집 『햇살에 갇히다』

김숙자 2004년 문학세계 시 신인상, 나래시조 시조 등단, 샘터 인간승리상 수상, 이육사 시낭송경연대회 수상, 한국문인, 경북문협, 상주문인, 상주아동문학회 회원, 경북 향토문화연구사, 국학연구회 이사, 저서 『날고 싶은 제비』(장편소설), 현 상주문화관광해설사

김시종 1967년 중앙일보 신춘문예 당선 등단, 『자유의 화두』 등 시집 35권 발간, 에세이집 『사장풍년』 등 4권, 국제펜클럽 한국본부 경북지회장, 한국시인협회 상임위원

김연복 시집 『산 소년』, 『잃어버린 풍경』, 『진리의 본성』 등 다수 출판, 시선집 『한 인간의 노래』, 수상: 경상북도문화상(문학부문), 동리문학상, 대구펜문학상, 한국문인협회 외국문학분과 회장 역임, 한국문인협회상주지부 회장 역임

김영기 1984년 제1회 아동문예 신인문학상 동시 당선으로 등단, 『날개의 꿈』 외 5권의 동시집과 『소라의 집』 등 동시조집 2권이 있음, 제10회 나래시조 신인상 당선 후 『갈무리하는 하루』 시조집을 펴냄, 제30회 한국동시 문학상, 제9회 제주문학상을 받음, 2014년 4학년 1학기 국어 교과서에 「이상 없음」 동시가 실림, 현 제주시조시인협회 회장

김영수 월간 아동문예 신인문학상 당선(1984), 월간 한국시 작품상 수상(1984), 충남 아동문학회 회장, 대전시조시인협회 회장, 한국문인협회 · 국제펜클럽 한국본부 · 한국아동문학회 회원, 동시집 『해님의 전화』, 『아기 새와 꽃바람』, 시조집 『그리움이 꽃피는 뜨락』, 『소쩍새 한 마리』, 문집 『사랑이 넘치는 뜨락』

김영숙 상주문인협회 회원, 월간 문학세계로 등단

김영애 시조문학 등단(2007), 한국문인협회, 경북문인협회, 영주문인협회, 한국시조시인협회, 가람시조문학회, 시조문우회 이사, 여성시조 감사, 신문예협회 부회장, 영주시조문학회, 월하시조문학회 부회장, 시조사랑시인협회 편집부국장, 영주시민신문논설위원, 저서 『초승달에 걸린 반지』,

『별이 되는 꽃』, 『쪽빛 하늘 한 조각』, 『씀바귀가 여는 봄 하늘』, 제2회 한국시조사랑문학상 외 다수 수상

김옥경 계간 시와 사람 등단, 시집 『벽에 걸린 여자』, 21세기생활문인협회 회원

김완기 1968년 서울신문 신춘문예 동시 당선, 동시집 『동그란 나이테 하나』, 『눈빛 응원』 등 다수, 한국아동문학작가상, 펜문학상, 박경종아동문학상 등 수상, 한국아동문학회 회장, 한국동요동인회 회장 역임, 현 한국문인협회 자문위원, 국제펜클럽 한국본부 이사

김원중 1936년 경북 안동 출생, 중앙대 대학원 문학박사, 1953년 서울신문 신춘문예 동시 입선, 시집 『별과 야학』(1957), 『과실 속의 아기씨』(1964), 『별』(1969) 발간, 1982년 경상북도 문화상(문학부문), 1999년 예총예술상(문학부문) 수상

김원호 선산 무을 출생, 1984년 선주문학회 창립회원으로, 후에 회장을 지냄, 문예사조에 시 발표, 경북문협 편집위원장, 시집 『억새풀 은빛 몸짓』

김이삭 2005년 시와 시학으로 데뷔, 제9회 푸른문학상 수상, 제13회 우리나라 좋은 동시문학상 수상, 동화집 『꿈꾸는 유리병 초초』, 『거북선 찾기』, 『황금고래와의 인터뷰』, 동시집 『바이킹 식당』, 『고양이 통역사』, 『여우비 도둑비』가 있음, 한국동시문학회 회원

김이숙 경북 상주 출생, 2014년 시집 『밥줄』로 등단, 느티나무시 동인

김인숙 2009년 월간문학 등단, 시집 『꼬리』, 『소금을 꾸러 갔다』, 신라문학대상, 한국문학예술상, 농어촌문학상 대상 수상, 한국문인협회 회원, 현 경북문인협회 사무국장, 현 구상문학관시동인 언령 회장, 현 한국문학신문 기자

김재수 1973년 제1회 창주아동문학상, 1980년 제12회 한정동 아동문학상, 1988년 제5회 상주시 문화상(예술 부문), 1996년 제16회 해강아동문학상, 2010년 경상북도문학상 받음, 동시집 『낙서가 있는 골목』, 『겨울 일기장』, 『농부와 풀꽃』, 『김재수 동시선집』, 동화집 『사랑이 꽃피는 언덕』, 『하느님의 나들이』, 산문집 『트임과 터짐』, 한국문인협회상주지부 회장

역임, 경북문단 부지회장 역임, 상주아동문학회 회장

김재순 상주 출생, 웹진문학마실, 상주작가, 여성예술인협회 상주지부, 대구경북작회의 회원

김제남 경북 봉화 출생, 한맥문학 신인상(1997), 아동문학평론 신인상(1997), 한국문인협회봉화지부 회장 역임, 아동문학소백동인회 회장, 저서 『송이 따는 아이들』, 『찔레꽃 향기』

김종상 1960년 서울신문 신춘문예 동시 「산 위에서 보면」 당선, 한국시사랑회 회장, 한국아동문학가협회 회장, 국제펜클럽 한국지부 부이사장 역임, 대한민국문학상, 대한민국5 · 5문화상, 대한민국동요대상 등 문학 관련 수상, 경향교육상, 경향사도상, 한국교육자대상, 대통령표창 등 교육 관련 수상, 현 문학신문 주필, 한국문인협회, 국제펜클럽 한국지부, 현대시협회, 자유문인협회, 세계문인협회 고문

김종영 1973년 조선일보 신춘문예 동시 「아침」 당선, 동시집 8권, 동화집 2권 펴냄, 전국창작동요제 109곡(작사) 입상함, 한정동아동문학상 외 다수 수상, 한국문인협회, 솔바람 회원 등

김종희 1982년 시문학지로 등단, 시문학상, 크리스천문학상, 영랑문학대상 수상, 시집 『이 세상 끝 날까지』, 『물속의 돌』, 『시간 밖으로』, 『S부인은 넘어지다』, 『나는 너무 멀리 있다』, 『빛과 어둠』, 영시집 『Adam Is Sad』, 전 한국문인협회마포지부 회장, 현대시인협회 중앙위원, 국제펜클럽 한국본부 이사, 한국여성문학인회 이사

김주애 경북 상주 출생, 2014년 시집 『납작 한 풍경』으로 등단, 느티나무시 동인

김주완 1984 현대시학 등단, 시집 『오르는 길이 내리는 길이다』, 『그늘의 정체』 외, 카툰에세이집 『짧으면서도 긴 사랑 이야기』, 저서 『미와 예술』, 『아름다움의 가치와 시의 철학』 외 출간, 한국문인협회 이사 역임, 현 경북문인협회 회장

김진문 1985년 어린이문학 무크지 지붕 없는 가게에 동시 발표로 작품 활동, 2002년 월간 어린이문학 주관 전국 동시 공모 당선, 제3회 어린이문학상

수상, 1995년 월간 우리교육 전국 학급 문집 공모에서 최우수상을 수상, 어린이 시집 『풀밭에서 본 무당벌레』, 주제별 교훈 동시집 『마지막 나무가 사라진 뒤에야』, 한국작가회의, 경북아동문학회, 울진문학회 회장, 현 경북 울진초등학교 근무

김춘자 경북 상주 출생, 느티나무시 동인

김현이 전남 해남 출생, 느티나무시 동인

나동훈 2008년 문학세계 등단, 공학박사, 경북문인협회, 구미문인협회 지부장, 대한상하수도학회 회원, 이육사문학관 운영위원

나영순 참여문학(2006. 시), 문예한국(2006. 수필), 시집 『쥐코밥상』(월간문학, 2012. 10. 30.), 산문집 『시간의 잠』(동쪽나라, 2015. 7. 22.), 한국문인협회증평지부장(2012.~2013.), 현 청주시 1인 1책 펴내기 지도강사

남석우 대구문학, 아동문학 평론을 통해 등단, 시집 『짜지 않은 詩, 싱겁지 않은 童詩』, 『엄마, 동생 말고 친구 하나만 낳아 주세요』, 한국문인협회, 대구문인협회, 대구아동문학회 회원

노원호 매일신문(1974), 조선일보(1975) 신춘문예 동시 당선, 동시집 『바다를 담은 일기장』, 『꼬무락꼬무락』, 『공룡이 되고 싶은 날』 등 출간, 대한민국문학상, 세종아동문학상, 방정환문학상, 소천아동문학상 등 수상, 현 사단법인 새싹회 이사장

문삼석 1941년 전남 구례 출생, 1963년 조선일보 신춘문예 동시 당선, 동시집 『산골 물』, 『이슬』, 『우산 속』, 『바람과 빈 병』, 『그냥』 등 다수 발간, 소천아동문학상, 대한민국문학상, 윤석중문학상, 열린아동문학상 등 수상 다수, 현 한국아동문학인협회 고문 등

민주목 1987년 매일신문 신춘문예 시조 당선, 월간문학 신인상, 시세계 자유시 당선, 전 한국문인협회상주지부 부회장

박경숙 경북 상주 출생, 상주들문학회 회원

박근칠 1977년 아동문학평론 동시 천료 등단, 한국문인협회 이사, 한국아동문학인협회 · 한국동시문학회 자문위원, 한국문인협회영주지부 지부장, 아동문학소백동인회 회장 역임, 저서 『엄마의 팔베개』,『바람이 그린 그림』, 동시조집 『서로 웃는 닭싸움』 등 7권 출간, 현대아동문학상(1985), 경상북도문학상(2003), 방정환문학상(2011) 수상 등

박두순 1977년 아동문학평론 동시 신인상, 자유문학 시부문 신인상 당선, 동시집 『사람 우산』 등 13권과 시집 『찬란한 스트레스를 받고 싶다』 등 3권, 대한민국문학상, 소천아동문학상, 한국아동문학상, 방정환문학상, 문협작가상 등 수상, 한국동시문학회장 역임, 현 국제펜클럽 한국본부 부이사장

박병래 2003년 월간 문예사조등단, 한국문인협회, 경북여성문학회 회원, 전 한국문인협회안동지부 사무국장, 현 한국문인협회안동지부 부지부장

박순남 2012년 예술가 등단, 2012년 방송대문학상

박순덕 경북 상주 출생, 2015년 시집 『붉은디기』로 등단, 느티나무시 동인

박언숙 경남 합천 출생, 2005년 애지 등단, 대구문인협회, 대구시인협회 회원

박윤희 1960년 경북 청송 출생, 대구교육대학교 초등교육행정 석사, 한국문인협회 · 경북문인협회 · 선주문학 회원, 2011년 한국문인 등단, 경상북도교육청 e-교육칼럼니스트, 드림저널기자, 경북문인협회 편집위원, 구미원호초등학교 교사

박정우 아동문예 문학상으로 등단, 한국문인협회, 경북문인협회, 경북아동문학, 한국문인협회상주지부 및 상주아동문학회, 한국아동문예작가회, 오늘의 동시문학, 한국동시문학회, 한국아동문학인협회 회원, 경상북도글짓기교과연구회 회장 역임, 동시집 『사계절의 합창』 출간, 세계동시문학상 수상, 현 한국문인협회상주지부 회장

박찬선 경북 상주 출생, 1976년 현대시학 추천 등단. 시집 『돌담 쌓기』, 『상주』, 『세상이 날 옻을 먹게 한다』, 『도남 가는 길』, 평론집 『환상의 현실적 탐구』, 설화집 『상주 이야기』, 경북문화상(문학 부문), 이은상 문학상, 대

한민국향토문학상, 한국예총공로상, 한국문인협회상주지부장 및 경북지회장, 국제펜클럽 한국본부 경북지역위원회장 역임, 현 한국문인협회 부이사장

박창수 한국문인협회상주지부 회원, 시노리 회원

박하리 2012년 계간 리토피아로 등단, 계간 리토피아 편집장

박혜자 한국문인협회포천지부 회장, 한국예총포천지부 수석 부회장, 한국문인협회경기시지부 이사, 기간문학작가회 이사

백종성 호: 범암(梵巖), 대구불교문인협회 사무국장 역임, 분지사람들, 경북문인협회, 대구문인협회 회원, 한국문인협회칠곡지부 부회장

서병진 교육부, 부산시교육청 장학사 및 감사관, 주례여자고등학교 교장 역임, 1975년「칠오동우」외 4편 발표 후 데뷔, 서울문학, 문예춘추, 청계문학, 월간 국보문학, 불교문학, 환경문학 심사위원 및 고문, 한국문학신문 편집위원 겸 연재칼럼니스트, 셰익스피어문학상 대상, 세계예술문화상 외 6회 수상, 시집『시간은 흔적을 남긴다』,『이파리 없는 나무도 숨은 쉰다』등 9권

선 용 1971 소년세계로 등단, 동심시집『고 작은 것이』외 19권, 동요집『잔디밭에는』외 23권, 번역집『중국설화집』외 80여 권 출간, 한국문인협회, 국제펜클럽 한국지부 회원

손광세 동아일보 신춘문예 동시 당선, 월간문학 시조 당선, 시문학 시 천료, 작품집『이 고운 나절을』,『이태리포플러 숲길을 걸으면』외 다수,『동시 시조 짓기』외 글짓기 지도서 30여 권 출간, 한국아동문학상, 방정환문학상, 조선문학작품상, 한국동시문학상 외 수상, 자운영시인회 대표, 시인나라 발행인

송영미 경북 상주 출생, 상주들문학회 회원

신국현 문학공간 등단, 한국문인협회 문익권익옹호중앙위원, 한국시예협회 회장, 저서『어머니는 웃고 있어도 속적삼은 젖고 있다』외 7편, 공저 20여

권, 국제미술협회 G20대 회장 역임, 신미술협회 초대작가, 코리아미술협회 초대작가

신순말 경북 상주 출생, 상주들문학회 및 대구경북작가회의 회원, 시집 『단단한 슬픔』

신윤라 제3의 문학계간지 도시의 벽으로 등단, 춘천 빛, 글문학회 회장, 이영춘 창작교실 총무, 2013년 시집 『나는 어디에 있나』 출간

신재섭 경북 상주 출생, 상주작가 회원

신표균 대구문인협회 부회장, 한국문인협회 달성지부 회장 역임(현 고문), 한국문인협회 대외협력위원, 심상 「우산 하나」 외 3편 신인상 등단, 시집 『어레미로 본 세상』, 『가장 긴 말』, 『참꽃』(편저), 『달성 100년 참꽃 1000년』(편저), 논문 『김명인 시의 길 이미지 연구』 외

안영선 경북 의성 낙단보 마을에서 태어남, 아동문학평론, 문학공간, 농민문학 신인상으로 등단, 동시집 『잠시를 못 참고』, 『독도야 우리가 지켜 줄게』, 한국문인협회, 대구문인협회, 한국아동문학회, 대구아동문학회 회원, 교원문학상, 공무원 문예대전 최우수상, 해양문학상 수상

양문규 충북 영동 출생, 1989년 한국문학으로 등단, 시집 『벙어리 연가』, 『영국사에는 범종이 없다』, 『집으로 가는 길』, 『식량주의자』, 산문집 『너무도 큰 당신』, 평론집 『풍요로운 언어의 내력』, 논저 『백석 시의 창작방법 연구』 등, 한국작가회의 이사

양선규 충북 영동 출생, 1998년 현대시학으로 등단, 대전광역시 미술대전 초대작가, 시집 『튼튼한 옹이』, 현 큰시 동인으로 작품 활동

양진기 2015년 계간 리토피아로 등단, 막비시동인

여인선 구미 출생, 문예사조 신인상 등단, 경북문인협회 시분과 위원장 역임, 문예사조 편입위원, 참여문학 이사고문, 한국문인협회, 국제펜클럽 회원

오선자 아동문예 동시 당선, 『꽃잎 정거장』 외 4권, 현 부산문인협회 부회장, 부

산동주대학교 유아교육학과 겸임교수

오승강 1976년 동아일보 신춘문예와 시문학지로 등단, 시집 『새로 돋는 풀잎들을 보며』, 『피라미의 꿈』, 『그대에게 가는 길』, 동시집 『분교마을 아이들』, 『내가 미운 날』 등

오하영 월간 아동문학 동화로 등단 후 동화 책 2권 발간, 계간 아동문학연구 동시로 등단 후 동시 책 4권 발간, 한국아동문학 충북지회장, 공무원 문학, 펜문학 충북문인협회, 한국아동문학회 동시문학 회원으로 활동

오한나 2006년 화백문학 동시 부문 신인상, 동시집 『엄마의 바보상자』, 한국동시문학회 회원, 군포문인협회 회원

우남희 대구문인협회, 달성문인협회, 한국동시문학회, 한국아동문학협회 회원, 동시문학 신인상, 문학저널 신인상 수상, 동시집 『너라면 가만있겠니?』, 대구시문화관광해설사, 매일신문 매일춘추 필진으로 활동함

우상혁 영남대학교 교육대학원 졸업, 한국문인명예운동본부(아름다운문인회), 국제펜클럽 대구지역위원회 회원, 한국문인협회 고령지부 회장, 서울신문 수필공모 최우수상, 교원수기 특별상, 경북교원문예금상 외 다수, 월간 문예사조 시 부문 신인상, 고령문학상 수상

우재호 호: 남촌(南村), 경북 문경 출생, 서울과학기술대학교 산업대학원 건축공학과 졸업, 한국방송통신대학교 국문학과 졸업, 한국문인협회 회원, 국제펜클럽 한국본부 회원, 현대시인협회 회원, 방송대문학회 회장

유병길 1945년 상주 출생, 월간 신문예 등단, 시집 『두렁에 청춘을 불사르고』, 산문집 『옛날이야기로만 남을 내 어린 시절』, 경북아동문학회, 대구아동문학회, 혜암아동문학회, 한국동시문학회, 대구문인협회 회원

유재호 경북 상주 출생, 상주들문학회 및 대구경북작가회의 회원, 시집 『붉은 발자국』

윤현순 경북 상주 출생, 상주들문학회 회원

이경덕 한국문인협회, 한국동시문학회, 한국아동문학회, 한국동요문화협회, 한국아동문학연구회 운영위원, 한국문인협회 서울중구지부 회원, 한국아동문학연구회 아동문학세상 등단, 창조문학신문 시 등단, 현 동두천중앙성모병원 총무부장

이덕희 덕암유학연구원장, 청송향토사연구회장, 국제펜클럽 경북지역위원회 운영위원, 한맥문학가협회 청송지회장, 한맥문학 수필부문 신인상 등단, 대통령표창, 행정안전부장관 표창, 법무부장관 표창, 문화재청장 표창, 성균관장 표창, 자랑스러운 도민상 수상, 저서 『함양록』, 『산 따라 물 따라』, 『길 따라 바람 따라』, 『세월의 강물』, 『봄이 오는 길목』

이만유 2006년 대한문학세계 신인상(시), 한국문인협회 회원, 한국문인협회문경지회 지부장

이미령 경북 상주 출생, 2014년 시집 『문』으로 등단, 느티나무시 동인

이상훈 경북 문경 출생, 상주들문학회 및 대구경북작가회의 회원, 시집 『나팔꽃 그림자』

이선영 한글문학, 아동문학평론 신인상, 동서문학상, 영남아동문학상, 제42회 한정동아동문학상, 대구문학아카데미회장, 대구여성문인협회장, 대구문인협회부회장, 반짇고리문학회장, 색동회 대구경북지회 회장(이상 역임), 대구아동문학회 및 국제펜클럽 회원, 가톨릭문인, 반짇고리, 은시동인, 동시집 『꽃잎 속에 잠든 봄볕』, 『맞구나 맞다』, 시집 『바람이 도착하는 갈대역에서』 동인시집 다수

이순영 경북 상주 출생, 느티나무시 동인

이승진 경북 상주 출생, 한국문인협회 회원, 시집 『사랑박물관』

이옥금 호: 진주(眞珠), 국군간호사관학교 졸업, 육군병원 근무, 경북의대 CHP 과정 수료, 보건진료소장 정년퇴임, 한국문인협회 회원(시), 한국공무원문인협회 회원, 이사(시), 지필문학 신인문학상(수필 부문), 지필문학회 회원, 글벗문학 회원, 상주문학, 경북문인협회 회원

이외현 2012년 계간 리토피아로 등단, 시집 『안심하고 절망하기』, 계간 아라문학 편집장

이은협 한맥문학 등단, 『그리움 먹고 사는 별』 외 6권 출간, 한국문인협회 회원, 한국 서정문인협회 회장, 한국영상문학협회 회장, 현 고양시 문인협회 회장

이재순 월간 한국시 동시 부문 신인상에 당선되면서 작품 활동 시작, 펴낸 동시집으로 『별이 뜨는 교실』, 『큰일 날 뻔했다』가 있음. 영남아동문회, 한국아동문학회, 한국아동문학연구회, 한국동시문학회 회원

이준섭 1977년 월간문학 시조 당선, 1986년 동시집 『대장간 할아버지』 외 5권 발간, 1988년 시조집 『새 아침을 위해』 외 3권 발간, 2015년 『이준섭 동시선집』 발간, 현 한국동시문학회 회장

이중우 한국방송통신대학 국어국문학과 졸업, 동 대학 대학원 문예창작콘텐츠학과 재학 중, 혜암아동문학회 회원

이창한 문예사조 등단, 한국문인협회상주지부 회원

임술랑 매일신문 신춘문예로 작품 활동(1997), 상주작가 회원, 시집 『상 지키기』, 『있을 뿐이다』

임신행 오월 신인예술상 서울신문 신춘문예 당선, 계몽아동문학상, 제1회 황금도깨비 대상, 세종아동문학상, 한국어린이도서상, 눌원문화상, 이주홍아동문학상, 방정환아동문학상, 대한민국문학상, 한국동화문학상, 최계락 문학상, 민족동화문학상, 수상, 전쟁동화집 『베트남 아이들』 외, 생태동화집 『우포늪 그 아이들』, 생태동시집 『우포늪 가시연꽃』, 동시집 『우포늪 별똥별』 외, 시집 『동백꽃 수놓기』 외, 생태시집 『우포늪에서 보내는 편지』, 생태수필집 『우리 이제 언제 어디서 무엇이 되어 다시』

전봉희 경북 상주 출생, 상주작가 회원

전선구 시조문학 여름호(「월하 리태극」) 등단, 시집 『아가(雅歌)』, 시조집 『봄을 기다리는 나무』, 『민들레 피는 아침』, 『꺼지지 않는 산초등잔』, 동시조

『초록빛 산 메아리』

전영관 1982년 경향신문 신춘문예 동시 당선, 시집 『철새를 보내며』 외 다수, 아침의문학회 회장

정 령 2014년 계간 리토피아로 등단, 시집 『연꽃홍수』

정공량 1955년 전북 완주 삼례 출생, 명지대학교 문창대학원 박사과정 수료, 1983년 월간문학으로 문단에 등단, 시집 『우리들의 강』, 『마음의 정거장』, 『기억속의 투망질』, 『누군가 희망을 저 별빛에』, 『아름다운 별을 가슴에 품고 사는 법』, 시조시집 『절망의 면적』, 『내 마음의 공중누각』, 『꿈의 공터』, 『기억 속의 투망질』, 『마음의 양지』, 『나는 저물지 않는 내 마음의 동쪽에 산다』, 시선집 『희망에게』, 시조선집 『꿈의 순례』, 문학평론집 『환상과 환멸의 간극』, 『깊이와 넓이의 시학』, 『시조의 어제와 오늘 그리고 내일』, 『지성과 감성의 핵심』, 계간 문예종합지 시선 발행인 및 편집주간

정관웅 계간 시선 신인 발굴 시 당선, 강진문학상 수상, 한국문인협회 강진지부장, 전남문인협회 이사, 전남시인협회 부회장, 전남수필문학 회원, 울림시낭송초대회장 역임, 시집 『강물이 되고 싶다』, 『희망, 너는 어느 별이 되어 숨어 있을까』, 『잔꽃풀도 흔들리고』, 저서 『삶을 가꾸는 요가 산책』, 쉼요가명상센터, 힐링코칭상담연구소 운영

정무현 2014년 계간 리토피아로 등단, 시집 『풀은 제멋대로야』

정미소 2011년 문학과 창작으로 등단, 막비시동인 회장

정복태 문예사조 등단, 한국소설가협회 회원, 전 한국문인협회상주지부장 역임, 경북문인협회 부회장 역임, 소설집 『강물이 흘러가는 곳』

정용원 아동문학평론 천료(동시), 자유문학 천료(수필), 동시집 『산새의 꿈』 외 10권, 동화, 소년 소설 3권 외 수필, 칼럼, 아동문학논문 다수, 2015년 초등 3-1 국어교과서에 동시 「미술시간」 수록, 한국문학백년상, 한정동아동문학상, 경남도문화상, 한국아동문학창작상, 현대아동문학상, 울산아동문학상, 경남아동문학상, 한국교육자대상, 한국동요작곡지도상 수상,

한국동시문학회 회장, 한국문인협회 이사, 한국문인협회거제지부장, 울산아동문학회 회장 역임, 현 국제펜클럽 한국본부 이사, 한국문인협회 정책개발위원, 새싹회 회원, 한국동시문학회 명예회장, 동심문학사랑방 대표

정은미 1999년 아동문학연구, 2000년 아동문예 동시 당선, 동시집 『마르지 않는 꽃향기』, 『호수처럼』, 한국문인협회, 한국동시문학회, 한국아동문예작가회, 광진문인협회 회원, 청소년문화상, 세계동시문학상 수상

정춘자 아명: 서연, 경북 영주 출생, 영남대학교 국어국문학과 졸업, 아동문학평론 동시 신인상 당선, 한국아동문학회, 한국동시문학, 대구문인협회 회원, 대구여성문학회 11대 회장, 동시집 『햇살 꽃송이』, 『엄마 눈동자 속에』, 『연어들의 행진』

정치산 2011년 계간 리토피아로 등단, 시집 『바람난 치악산』, 원주여성문학상, 원주문학상, 전국계간지작품상 수상. 리토피아문학회 사무국장

정혜진 아동문예 추천과 광주일보 신춘문예 당선, 세종문학상, 한정동아동문학상, 전라남도문화상 수상, 초등학교 국어교과서에 동시 2편 수록, 동시집 13권과 동화집 6권 냄, 한국문인협회, 한국아동문학인협회 회원, 전남여류문학회 회장

조남성 숲문학회 회원, 시노리 회원, 전 상주교육지원청 공무원

조재학 한국문인협회상주지부장 역임, 시집 『굴참나무 사랑이야기』, 『강 저 너머』, 현 한국문인협회 제26대 낭송문회진흥위원회

조정숙 경북 상주 출생, 상주들문학회 회원

차회분 2006년 문학세계 신인상, 제9회 동서커피문학상 입선, 대구문인협회 회원, 현 21세기생활문학인협회 사무국장

천선자 2010년 계간 리토피아로 등단, 시집 『도시의 원숭이』, 리토피아문학상, 전국계간지작품상 수상

최상호 제84회 월간문학 신인상 등단, 『영혼의 바다를 떠돌며』 외 시조집 6권 상재, 한국문인협회영주지부장, 경북문인협회시조분과위원장 역임, 현 영주시조문학회장

최춘해 매일신문 신춘문예 등단, 동시집 『시계가 셈을 세면』 외 출간, 세종아동문학상, 경북문화상 등 수상, 한국아동문학인협회, 상주아동문학회, 대구아동문학회 회원

최효열 저서 『감자 꽃이 피면』, 한국문인협회 회원, 강원문인협회 이사, 현 한국문인협회 동해지부장

추청화 예천문인협회 회원, 문학사조(시) 등단

하재영 1990년 매일신문 신춘문예 시 당선, 시집 『별빛의 길을 닦는 나무들』 등, 포항문인협회 회원

하청호 매일신문(1972), 동아일보(1973) 신춘문예 동시 당선, 현대시학 시 추천(1976), 동시집 『잡초뽑기』 외, 시집 『다비(茶毘) 노을』 외 출간, 세종아동문학상(1976), 대한민국문학상(1989), 방정환문학상(1991), 윤석중문학상(2006) 등 수상, 현 한국문인협회 부이사장

한명수 1984년 시집 『때묻은 영혼』 및 2012년 계간 수필세계 평론신인상 등단. 현 한국문인협회경상북도지회 평론분과위원장, 시집 『언제나 지금 모습으로 내 영혼의 하루가』, 『은빛햇살』 등 다수

함동수 현 용인예총 수석부회장, 전 용인문인협회 지부장, 한국문인협회 남북교류위원회 위원, 경기문학상, 경기예술대상 수상, 시집 『하루 사는 법』 외, 논문 『박목월 기독교적 특징연구, 고향 상실과 시 쓰기』 외, 공저 『용인문단, 유완희의 문학세계』

함창호 경북 상주 출생, 상주문인협회 회원

허문태 2014년 계간 리토피아로 등단, 계간 아라문학 부주간

홍경숙 호: 효천(曉川), 경북 안동 출생, 2001년 시와문학 신인상 등단(시 부문),

2003년 한맥문학 신인상(시 부문), 시집 『젖 물리는 여인』, 『꽃은 질 때도 아름답다』, 한국 사회를 빛낸 2015 대한민국 충효대상, 한국문인협회 인성교육개발위원, 안동문인협회 회원, 한맥문학 경북지회 신시각동인

황구하 충남 금산 출생, 2004년 자유문학으로 등단, 시집 『물에 뜬 달』, 느티나무시 동인

황정철 경북 상주 출생, 상주들문학회 회원